Gaea

Gaea

冥使
vol.4 路程的起始
護玄——著

兔使

vol.4

目錄

人物簡介
CHARACTERS

青鳥・瑟列格▼第六星區

金髮碧眼、擁有一張娃娃臉的20歲熱血青年。
喜愛正義、討厭壞蛋，夢想成為正義組織的一員！

琥珀・沙里恩▼第六星區

黑髮，擁有罕見湖水綠眼眸的16歲少年。
個性冷淡、有點不善交際。

兔俠▼第七星區

處刑者。性別男，大白兔布偶，白毛紅眼睛。
非常認真嚴肅，忠於自身信念。

黑梭▼第七星區

處刑者。黑髮褐眼，變化後轉為紅眼。
看似輕佻，但其實相當會照顧人。

茆．菲比▼第六星區

處刑者。金棕色的長髮與雙眼，是個可愛的少女。開朗、大而化之。對自己人很好，有點排外。

沙維斯▼第六星區

隸屬聯盟軍部，無法得知任何底細，專門捉捕處刑者。眼與長髮都是淡灰色。冰冷不易親近，堅守正義。

噬．巴德▼朱火強盜團

朱火團長之一。黑髮褐眼，左臉有火焰圖騰。為了達到目的，可以使用任何手段。

美莉雅安奈．巴德▼朱火強盜團

朱火副團長之一，橘髮褐眼，左臉有火焰圖騰。冷漠高傲，只服從噬的命令。

第一話▼▼▼小島上的奮鬥

芙西繼續向前航行。

在所有人員整備好之後，他們前往荒地小島修復受損的儀器。

上次經過小島時，主要是因爲芙西貨船在港口進行快速交易，例行性交易結束後便立即離開，所以青鳥沒有下船看過，和大部分乘客一樣，他們都留在船上等待交易完畢。

不過這次靠岸維修時，波塞特給了他們小島的通行證，可以自行下船到附近的小鎮和市集逛逛，只要記得在出航前回來就沒問題了。

「雖然是這樣說，你們兩個還是別跑去太奇怪的地方，通行證雖然有芙西的擔保可以自由出入，但這裡是沒有聯盟軍的自治地帶，來來往往的人相當混雜，不管如何都要小心。」波塞特扠著手，看著興致勃勃拉著琥珀要下船的青鳥，語重心長地交代兩個小的，「別惹事上身了。」

「放心，我們就在市集逛一下而已，不會去別處。」拉著琥珀的手臂，青鳥難得踏到荒地上，很期待地看著小島港口；雖然很小，但人與船並不少，到這裡的大部分都是私船，與正規港口差距很大，有些罕見的搶手貨才剛一離船，立刻就被人擁上購買帶走，看起來很有趣。

似乎對下船也滿有興趣的琥珀早早就染好眼睛顏色，做好必要的準備了。

「帕恩他們會在市集中芙西的據點辦些手續，如果遇到麻煩可以向他們求助。」把座標傳遞給兩人後，波塞特難免還是多交代了幾句。

「好的。」

用力擠出擁擠港口後，青鳥和琥珀順著比較光亮人多的道路，轉進附近市集。與第七星區不同，這裡顯然比較沒有規則與法紀，所見之處房舍建得很不一致，幾乎都是隨興沿著街道蓋的，花樣和風格很多，不過民家看起來不太多，大致上都是純商家。

「轉點小島都是這樣的。」跟在一邊，琥珀順便四下看看有沒有需要的物品，「這種島嶼主要的功能就是交易，不管是正規或是不能拿上檯面都可以在這裡販售，爲了避免麻煩，大多數商家都是從別處來到這裡，做完交易後就離開。」

「好浮動啊。」

「不過這裡屬於荒地，所以仍有一定程度的管理，眞正太危險的東西不會出現在這邊，無人管理的交易島才會有，也相當不安全，無管制小島必須拿著生命去冒險；我父母曾去過幾次，到那種地方得要聘請傭兵才行。」說著，琥珀稍微停頓了下。

注意到他家弟弟有瞬間分心，青鳥順著視線看過去，看到了很陳舊的木造小餐廳，雖然沒有很整潔，不過青鳥聞到空氣中傳來的濃濃香味，「我們去吃飯吃點心吧，走走！」

「我不是……算了。」懶得提醒對方看一下招牌，琥珀乾脆跟著走進去了。

進去後，青鳥才發現原來這是一間小酒吧，不過也兼營餐廳。因爲不是用餐時間所以客人不多，有幾個看起來很可疑的人坐在角落喝酒；吧台後面放滿了各種酒桶和飲料，一個格子裡則塞滿了很多大火腿和香腸，看起來很新鮮肥美。

「唉呀，眞難得，兩個小孩要吃個飽嗎？」站在吧台後的圓潤婦人看見剛進門口的陌生面孔就笑了下，「來來，雖然不能給你們酒，但餵飽小貓咪們的食物總是有的。」

「有蝦子嗎？」青鳥直接蹦到吧台前就座。

「有啊，然後再給你們一些厚麵包、生菜、剛煮熟的火腿切片、南瓜濃湯和奶油；飲料是水果茶。黑髮的小貓主餐就是蝦子，金髮的小貓就雞肉料理吧，甜點要蘋果派或是櫻桃派呢？」

聽著婦人一口氣安排好菜單，青鳥眼睛瞪得大大的，不解爲什麼老闆娘會知道蝦子是琥珀的，原來他家弟弟長著一張蝦子臉嗎！

「櫻桃派。」琥珀倒是很快就回答了。

「那我也要櫻桃派！」

「好的，那就稍等一下吧。」轉過去向廚房交代了幾句，婦人又轉回來幫他們準備麵包和火腿，連著生菜盛盤上桌便就開始煮熱濃湯。

一咬下麵包和火腿，青鳥立刻開花了，「好好吃！眞的意外地好好吃！沒想到這裡的東西超好吃！」看起來超平常的食物竟然會這麼好吃。

「魯凱酒吧的食物也是一絕，所以才會有那麼大的星區網絡系統。」倒是沒有對方那麼激動，琥珀慢慢地吃著手邊的食物，「而且每家的拿手菜都不一樣。」

「喔喔原來如此……噗！」差點把麵包給噴出來，青鳥嗆了好大一下，連忙用力拍著胸口，「你剛剛說是哪裡！」

「魯凱酒吧，外面招牌字那麼大，你瞎了嗎？」竟然還以爲他是想吃東西，他一開始就是在看那塊招牌啊。

「竟然開得這麼顯眼嗎！」青鳥整張臉都呆了。他一直以爲魯凱酒吧會是那種地下祕密情報中心！有管道才能出入的神祕地帶！然後一進門就會感受到緊繃氣息，空氣與

光線都應該要幽暗幽暗的，角落最好還要坐著通緝犯！

「……如果長得像你腦子裡面那樣子，應該早就被鏟光了。」不用猜琥珀大概也可以知道對方在想什麼鬼東西。

「呵，雖然顯眼，我們也是很小心的。」端上兩碗冒著熱氣的濃湯，婦人圓圓的臉笑呵呵地說道：「在大都市自然會隱蔽些，畢竟這裡是荒島自治區，所以當然不用擔心聯盟軍圍剿。」

「原來如此，湯也好好喝。」一邊呼著熱氣，青鳥一邊努力把所有食物都塞進肚子裡面。

接下來的餐點也沒讓人失望，總之在吃了個大飽後，因爲沒有特地要買什麼情報，所以他們很快就退出了這個傳說中的情報酒吧。

「眞的是好棒的地方。」抹抹嘴巴，青鳥整個拜倒在美食之下。

「嗯。」琥珀淡淡應了聲，隨意地看著地面商家的小攤，「其實學長你應該多多在這些地方走動，開始建構你自己的合作系統。」

「啊！這樣說起來好像要換個名片……」

「換你個鬼。」往對方腦袋揍下去，琥珀一記白眼冷瞪，「當然是私下建構，你以爲是要賣東西嗎！換什麼名片！」

「嗚喔喔你又敲我頭！」

「哼！」

□

「不過說起來，建構是怎回事啊？」

青鳥環著手、皺起眉，他還眞不知道處刑者平常是怎麼做的，除了知道琥珀會入侵系統挖人家情報……像小茆他們似乎也都有不少自己的管道？

不知道有沒有賣「第一次當處刑者就上手」這種資訊啊……

「如果你是在想有沒有什麼馬上做得到的方法，我可以告訴你，沒有。」看著對方變化迅速的表情，琥珀冷冷往妄想上面潑一桶冰水，「雖然你可以使用沙里恩家的資訊庫，但也必須得做下自己的那部分功績來建構地位和信賴。」

「地位……」青鳥抓抓臉，突然有點頭大了。

「學長你是因爲運氣好，一開始就先遇見了兔子和小茹，甚至是蕾娜他們。這些人都是地位與網絡已經很頂端的一群，所以我們才可以運用他們的資源與管道、無條件被相關人員信任；而瑞比特一出來馬上就廣爲人知也是因爲兔子的關係，但是一般人並不是這樣，不管是兔子或是小茹，他們都經過長時間的經營與經歷才會有今天的樣子。」

「嗯嗯，我懂了。」青鳥拍了下手掌，難怪他就覺得哪邊怪怪的，原來是少了前面那段奮鬥史！正常的英雄都要從平地的洞裡爬出來，然後經過一番打拚成爲人人景仰的超強存在！他直接跳過那一塊了啊啊啊啊啊，「可以重來嗎？讓我們從底層開始哇哈哈地爬起，從路邊的濟弱扶傾開始！打敗地頭蛇！打敗小霸王！」

「……」琥珀開始覺得有點無言了。

「你們剛剛有說到濟弱扶傾嗎？」

細細柔柔的聲音從後面傳來，兩人猛一回頭，看見一名美麗的少女就站在他們身後。見他們同時轉過來，少女反而有點驚嚇，聲音變得更柔弱了些，「那個、不好意思偷聽說話了……其實才聽到一點點……我原本要去魯凱酒吧的，如果兩位願意，可以請你們幫忙嗎？」

「找我們兩個，是連小孩子都可以完成的任務嗎？」琥珀挑起眉。

「是的，兩位也知道島上有點混亂，如果你們有基本武術應該沒問題。」少女勾起笑容，「平常我都請魯凱酒吧的人幫忙，但是報酬很少，一直勞煩他們有些不好意思。」

聽著聽著青鳥的興趣就來了，「要做啥？」

「從這邊往東街走，會進入一條人煙比較稀少的碎石道，那裡有些宗教集會，我弟弟常常跑去那個地方，想麻煩你們帶口信讓他快點回家。」少女讓他們下載了小男孩的影像。

「沒問題！」幫人幫到底！青鳥立馬就答應，反正聽起來好像也不是啥大問題。

「學長……」

「那就太謝謝兩位了。」

少女很高興地離開後，琥珀才把他家學長拖到一邊，「剛剛不是答應波塞特不亂跑的嗎？」

「唔……也是，不過看她好像有點急，幫點小忙應該沒關係吧？不過我先送你回船上再開始吧。」既然是自己答應的，青鳥當然要先把弟弟送到安全的地方再說。

「不，我跟你一起過去吧。」既然說是宗教集會，琥珀就有點興趣了。

「那有危險你要躲遠一點喔。」

「放心，要死只有你去死而已。」他自己一定會跑很快。

「……」青鳥突然覺得自己的心好像被插了一刀。

「趁天黑前快辦完這事吧。」傳了會晚點回去的信息給波塞特，無視又在哀傷的矮子，琥珀規劃出島上的路線。

果然有少女講的那條路，不過島內公告系統標示不太清楚，看來似乎眞的得小心點，先和荒地的公開系統同步連線吧。

順著東街走了一段，他們進入所謂的碎石道。

周圍景色在脫離熱鬧的大街後顯然也跟著轉變，一時變得寂靜無比，那些聲音很快就被拋在空氣之後，慢慢與他們切割。

原本林立著各種建築的兩側也漸漸變得荒涼、破敗，開始出現石堆建築，部分裡頭懸掛著各式各樣怪異的物品，或者是有三三兩兩聚集的人們，每個地方都有人悄悄地看著路過的外人。空氣有點凝窒，就這樣一直蜿蜒到小島的另外一側，直到出現了海岸。

「看來所謂的集會可能要到附近的小島嶼上。」望著連接海面而去的幾座小島，有些甚至可看到歪倒的人造建築物，琥珀這樣告訴旁邊的人，「這邊一路看下來沒有什麼比較大的集會，但是再過去就會脫離荒島提供的網絡協助區。」

「依照老套的劇情走向，現在我們還是要過去看看吧？」故事都是這樣演的！領完任務之後就會到奇怪的地方，接著遇到求救！任務目標！幹掉魔王！然後就可以回去領賞揚名立萬了！青鳥一整個亢奮熱血，決定要破關破到最後。

「你信不信我會把你踹進海裡面？」不用猜也知道他學長現在燃起的是什麼鬼，琥珀覺得腳底異常地癢。

「我信……」

「你們最好不要過去那邊喔。」

突然出現的第三者聲音讓他們兩人轉過頭，看見了一個小不點站在後面，青鳥完全沒察覺有人接近他們，立刻擋到了前面。

「再過去那邊有一片宗教反抗軍的集會地，有危險性。」小不點這樣告訴他們。

目測小男孩大概三、四歲左右，長得相當可愛討喜，還有點無辜天真的氣質，但是講起話來意外成熟，加上剛剛無聲的接近，青鳥馬上起防備心，「你是……？」

沒有回答，小不點歪頭想了想，有點疑惑地看著他們，「你們看起來不像碎石道出入的賣商，小孩子不要在這邊亂逛，這裡沒有你們想像的安全。」

「說小孩，你……」

推了一下青鳥，琥珀打斷對方的話，從剛剛開始就在入侵小孩儀器的他皺起眉，看著眼前的小不點，「他是虛仿。」

小不點咧開笑容。

□

「你們兩位裡面有一位是『眞實』嗎？」

繞著青鳥和琥珀走了圈，小不點嘖嘖說道：「竟然這麼容易就被發現，這可眞不妙。」

「我們只是接受委託要尋人，請問你有看過這個小孩嗎？」讓對方下載了影像，懶得回應所謂「眞實」的問題，琥珀決定快點辦完快點離開。

小不點看了看影像，聳聳肩，「你們被跟蹤了。」

「果然是這樣嗎……」

「怎麼了？」青鳥看著他家學弟，一臉問號。

「沒有這個小孩，你這個哥哥應該是一發現我是虛仿，就知道有人要利用你們來找我們了。」清除了影像，小不點如此告訴他們，「這座島上如果要接任務，最好通過魯凱酒吧，你們快點去退掉吧，不然當心惹禍上身。」

「看來已經來不及了。」看著自己的儀器，琥珀瞇起眼睛，注意到剛剛掃瞄過的少女的儀器正往他們這邊接近，「學長，手過來讓我清除下載。」

連忙將手腕儀器湊過去，青鳥看著他家學弟清除掉相關檔案，然後還不知附加了什麼上去。

「那個會來一整群的喔，他們是在追蹤我們的搜查隊……你們兩個一起過來好了，先避開再說吧。」這樣說著，小不點一邊招招手，帶著他們往海岸邊的岩石壁走。

消除周遭蹤跡後，琥珀與青鳥也往石壁鑽。跟著小不點的步伐走了一會兒，很快就發現海岸石壁裡有條很窄小的路，小到青鳥勉強可以歪頭縮身通過、但琥珀就必須彎腰半爬才能進去了。

小心地躲藏好，馬上就聽見細微的騷動聲響。

石壁裡的躲藏處正好可以看見那條海岸路線，他們立刻看見剛才的少女與幾個穿著斗篷的人出現在那端，似乎有點意外目標會突然消失，幾個人四下搜索，然後便散開擴大尋找。

「這邊很隱密，他們應該不至於會找到，不過還是再進來點吧。」小不點看了下狀況，帶著他們繼續往裡面走。

「琥珀小心點。」看著身後的弟弟，青鳥也覺得鑽這種地方有點吃力。

「嗯。」

爬了一段路後，周圍變得較大了些，最後出現的是可以容納幾個成人的空間，而路也到此爲止。

終於可以伸展手腳，琥珀鬆了口氣，稍微端詳了下周遭環境。看來並沒有什麼特別之處，洞穴是天然形成，頂上有幾個打穿的洞帶下了亮光讓裡面不至黑暗，整體看來只是個臨時躲避處。

確認沒有問題後，小不點轉過身來，勾起了與外表年齡不同的微笑，「好了，那你們兩個又是哪來的小孩？我可沒在島上見過你們，路過客突然接工作也太奇怪了吧。」

「呃……這個……」他們還眞的只是路過，青鳥突然不知道應該怎麼解釋。

「我們是正要轉移到第六星區的瑞比特組織協助者。」

「咦？」青鳥錯愕了下，訝異地看著他家突然這樣自報身分的弟弟。

小不點明顯也有點驚訝，然後抓抓臉，「第七星區那個啊……沒想到已經開始運作了，瑞比特的組織難道都是小孩子嗎？」

「這就不曉得了，協助者彼此不一定會碰面，因爲得確定第七星區變故對於周遭海域會有什麼影響，所以才隨機在港島上接取任務。」在岩地上坐下，琥珀完全無視他家學長震驚的臉，「可以與反抗軍交換情報嗎？」

「眞有意思，就看看瑞比特手上有什麼可以交換的情報吧。」

看了自家學長一眼，琥珀抵著下巴思考了半晌，「反抗軍應該較關注第四星區在變化中的立場吧，岸上的情報得知第四星區可能會站在以尤森爲主的正義派系。」

「尤森啊……尤森是個好人，這麼一來暫時和我們立場相同，算是好消息。那麼作爲交換，瑞比特那邊應該比較在意第七星區被異變島入侵的事情吧。」頓了頓，小不點這樣說道：「我們在港島上有聽聞風聲，第六星區已經出現類似的攻擊，如果你們要前往第六星區，那麼就得注意，海下已經不平靜了。」

「原來如此。」雖然不算是可用的情報，不過這樣一來對方就已經表明沒惡意了，稍微可以放心。琥珀點點頭，站起身。

「如果兩位不介意，我們就交換聯繫方式吧，既然是處刑者，那麼認識一些反抗軍應該也不吃虧，何況瑞比特應該也才剛開始建構，需要各種管道。」小不點也跟著起身，很友善地提議。

就是在等對方主動開口，琥珀伸出手，「代號，加卡洛普。」

「代號，核桃。這邊這位呢？」和琥珀交換完，小不點轉向一邊整個石化的青鳥。

「邦尼。」往青鳥頭上搧下去，把人打回神和小不點交換通訊後，琥珀嘖了聲：「是新人，這兩天才加入。」

「看得出來，你就好好帶他吧。」稍微計算了時間，核桃先行了禮，「應該差不多都走遠了，我得先去向同伴示警，兩位再躲藏一下就可以返回。」

說完，小不點一溜煙便從剛剛來的方向離開了。

□

「剛剛到底是……」

等到核桃眞的離開後，青鳥才敢開口詢問。他家弟弟剛剛根本計算他人模式全開，就算還沒搞清楚也不敢發問，就怕琥珀一拳頭揮過來。

「他不是一開始就說有宗教反抗軍在這一帶了嗎，虛仿在各地大多都擔任收集情報的位置，這樣一推測就不難知道他很有可能是反抗軍的情報人員；所以剛剛試他一試，他倒是很爽快承認了，看來就算是港島上，也已經流傳瑞比特的消息了。」

「原來如此。」這樣的話，後面的對話青鳥就都懂了，「不過宗教反抗軍……」

「雖然和第四星區對立，但也有分激進派與理性派，看來核桃所在的反抗軍應該是屬理性派，他認可第四星區協助尤森，說不定以後眞的有可以和他們互相協助的地方。」琥珀在對話中也打探過對方的底，就像對方剛剛也在試探他，最後他們都同意彼此無害，才會交換聯繫方式。

「這樣啊。」既然不是另外那種，青鳥就比較沒那麼擔心了，畢竟他原本也是第四星區的人，眞要對立起來，就很爲難。

「時間差不多了，我們走吧。」一想到要再鑽一次，琥珀的心情就直直落。

「不會碰到剛剛那些人嗎？」

「那個女的在交付任務給我們時，我也掃描過她的儀器，所以有記錄座標和反追蹤，也可以藉由她的儀器偵查和她同行的那些人，小心一點應該就可以避開了。」當然

不可能白白被人家利用，對方敢算計他們，琥珀就會加倍算回去，順便再反方向多放幾隻病毒當作利息。

「眞是好孩子啊。」有個什麼都處理好的弟弟，他眞驕傲。

冷眼看了下沒建樹的矮子，琥珀嘖了聲就去爬通道了。

從岩壁裡出來後，果然沒碰上那幾個追蹤者，因爲也耗費了不少時間，所以青鳥拉著琥珀直接先往剛才的大街走，起碼人多的地方比較安全，那些怪人應該也不至於在大街上動手吧。

雖然是這樣說……

「我們好像還是被跟蹤了。」仔細聽著周遭所有腳步聲，青鳥這樣低聲告訴他家學弟。

「似乎是，對方把儀器都移除了。」同步了周遭一些路人比較低階的儀器探查環境，琥珀也察覺到有人就跟在他們不遠處，「看來他們也發現自己被反追蹤了，乾脆不戴任何儀器。」

「唔……那可能不好對付。」不用儀器輔佐的程度啊……

「附近有芙西的聯絡處，先避避？」

「嗯。」

因爲琥珀在身邊，青鳥也不打算跟來路不明的人硬碰硬。

轉進芙西據點後立即有人上前來接應，直接將他們帶到內部休息。

「還在外面。」被領到二樓休息室，隔著窗戶，青鳥瞇起眼睛看著那些追蹤者的影子，對方居然還藏身在外頭等他們。

「等等，我在拼出他們全部的樣子。」入侵了街上路人的儀器，琥珀一一利用那些儀器掃描周圍環境，很快就找出了幾個相似的追蹤者，不過因爲對方也躲得很隱密，費了他一番工夫。

在侍者端上茶水與點心的同時，琥珀也差不多將影像組合好了。

一看清跟蹤者的模樣，青鳥整個臉色都變了。

那是幾個穿著棕色斗篷的人，身高並沒有很高，具體看不出眞面目，但打扮全都一模一樣，看起來很可能是一支隊伍。

「發生什麼事了嗎？」接到通知，原本在裡頭做部分事項交接的帕恩走了過來，打斷了正想開口詢問的琥珀。

「還在觀望……」青鳥聳聳肩。

「您知道島上宗教反抗軍的事情嗎？」想了想，放棄掐他家學長，琥珀轉頭向護船隊問道。

「稍微知道一點，畢竟芙西在這裡有設點。」帕恩在對面坐下來，接過侍者端來的茶水，說道：「這邊是荒島交易自治區，附近小島上會聚集一些奇奇怪怪的團體，其中的確有宗教反抗軍，一直以來都在進行反『神』的活動，基地就在附近海域。另外，這裡也有一些擁神的信仰者，所以常常會發生衝突。你們捲進去了嗎？」

如果青年的語氣不是如此輕鬆、好像在聊什麼好笑的事，青鳥會覺得他的問句是在擔心他們，但這問法根本就一臉看好戲啊！

「不小心被利用了點。」因爲芙西內部大多都知道他們的身分，所以琥珀也很老實地說了。

「這也沒什麼奇怪的。」大致上可以猜得出來發生什麼事情，帕恩笑著開口：「在這類自治區上很容易被捲入奇怪的事情，你們還跑得回來應該就還好，幾年前波塞特剛上船時還不太熟悉自治島的狀況，差點就回不來。」

「有這麼嚴重嗎？」青鳥突然一頭冷汗。

「當時啊，他可是引發了兩派在島上的大規模戰爭喔。」帕恩還是笑笑的，給兩個小孩講了很可怕的事情，「我們在船上吃著點心時，島上突然爆炸了，引起莉絲連環爆，雖然一般民眾沒什麼死傷，但事情鬧得可不小，出動了荒地好幾個高級幹部才平息騷動。所以波塞特現在比較少在自治區上亂跑，畢竟那次他可惹毛不少人呢。」

「呃……」

「所以我想你們應該還好吧，別緊張。」

就在帕恩話語一落，街道四周突然發出巨大警報，地攤或店家商人匆匆忙忙收拾貨品快速離開、拉下大門。

琥珀皺起眉，打開了儀器，發現警報來自於那些跟蹤者，荒地的公共頻道很顯然指向了對方剛剛啓動了什麼危險物品，正全力發布警戒讓島上民眾遠離這區。

「嗯……我收回前言。」

帕恩端起茶杯，閒適地喝了茶水。

第二話▼▼▼棕之家

「帕恩先生，危險似乎是針對芙西據點。」

剛才爲他們準備茶點的侍者走了過來，微彎身體，很有禮貌地說著：「請問由我們出手或是船員們出手？」

「我來吧。」看了青鳥與琥珀一眼，帕恩想了想，「你們兩個要先回船上嗎？我讓人保護你們回去。」

「我保護琥珀回去就好了。」很怕牽連到據點裡的人，青鳥慌張地開口：「不對、你們保護琥珀回去，我……」

「我和你一起回去。」站起身，琥珀瞇起眼睛。

「這個……」

「一起回去。」

看著似乎有點僵持的小孩組，帕恩笑了下，「你們就一起過去吧，我讓人帶你們走後面的捷徑，可以避開街道。」接過侍者幫他拿來的外套，他順便吩咐了侍者將小孩們帶到另一邊，「我就去看看你們惹上什麼麻煩吧。」

横瞪了一眼還想講什麼的青鳥，琥珀朝帕恩點了頭，先跟著侍者走了。

青鳥抓抓臉，沒得選擇也只好趕緊跟上去。

按照帕恩的交代，侍者帶著兩人從側門離開，很快地便轉進一處幾乎毫無人煙的窄巷裡。不知道是芙西據點專用的還是商家也會使用，總之侍者先走在前面替他們開道。

比起吵嚷的大街，這裡的走道相對安靜許多，也很幽暗，走著走著就會有種後面好像有人跟上來的錯覺……

「有人跟上來了。」還眞的聽見細微腳步聲跟上來，青鳥有點眼神死。

「似乎有幾位不速之客，請容我先處理不受歡迎的客人。兩位可以先自行往前嗎？沿著這條路一直走，終點就在港口區。」侍者停下腳步，非常有禮地說道。

「沒問題。」青鳥點點頭。

側過身讓侍者向後走回原路後，青鳥便推著琥珀繼續向前。

接著走了一段路，琥珀才開口——

「你剛剛認出跟蹤者了對吧？」竟然因爲這樣想把他丟給芙西的人！

「呃，這個……這個嘛……」完全可以看出來他家學弟對於剛剛的事情很不滿，現在巷子又很小一條，青鳥正在思索該怎麼講才不會被抓去撞牆時，突然聽見非常細小的聲音，直接落在他們上方。

「怎麼……」疑問還沒問出口，琥珀便聽見剛剛侍者前往的方向傳來非常不自然的

聲音，仔細聽除了兵器碰撞聲，似乎還有另一種無法形容的怪異聲響。

「小心！」

來不及解釋那種耳熟到很討厭的聲音，青鳥直接撲倒面前的人，兩人摔撞在地上的同時，幾個聲響倏地打上了剛才他們所站位置的牆面，一抬頭，果然看見好幾個半圓形的東西嵌在牆壁，而且還發出很不妙的色光。

完全知道接下來會發生什麼事情，青鳥緊張地拽起他家學弟——

「你可以慢慢來，我把動力關掉了。」甩開了青鳥的手，琥珀慢慢起身，拔起牆上已經沒有效用的攻擊儀器。他在警報響起之際就已經啟動了自己的程式，對方攻擊儀器的目標若是他們時，就會主動釋放病毒侵蝕，震盪掉對方的動力。

像那種小型的簡易攻擊儀器，幾乎在瞬間就完成反擊了吧。

「那……」

才想開口講點什麼，青鳥猛一抬頭，看見巷道上已落下幾條身影，都不太高，就如同他們在影像中所看見的，是幾個穿著棕色斗篷的人。

抓住琥珀，也來不及解釋原因，青鳥一咬牙，發動了快速，拽著他家學弟瞬間衝出窄巷，在一個轉彎處踹開了木板撞出到外面的街道，離開那條已經不算安全的小路。

幾乎在他們一落地，後方立即傳來某種劇烈的震盪，琥珀都還來不及查詢系統確定現況，就看見那一帶圍繞著芙西據點的建築物直接崩了好幾棟，發出非常大的聲響；接著是幾道黑影越過他們上方，急速衝向震盪地點，拉起了某種防禦氣流，擋住第二波的攻擊。

「你們快點離開這邊。」

還在發怔，青鳥便聽見後頭傳來女孩子的聲音。一轉頭，他差點大叫出對方的名字，幸好他還記得自己現在是真面目，連忙摀住嘴巴把話吞回去。

那個叫珠珠的自由行者竟然出現在他們旁邊，也不知道是何時離開第七星區的。不過珠珠只見過瑞比特的樣子，八成現在只當他是陌生人。

「荒地會處理島上公共安全事宜，請不用擔心。」珠珠抬起手，用手腕儀器朝兩人稍微掃描了下，發現他們身上帶著芙西的通行證，「要保護你們過去芙西的服務處或是船上嗎？」說著，她瞇起眼睛，有點困惑地看著矮矮的小男孩，總覺得有些眼熟。

「不、不用了，我們沒問題。」青鳥連忙拉著琥珀，哈哈笑了兩聲：「不打擾了！」也沒看出所以然來的行者點點頭，很快消失在街道的另一端。

「那是怎麼回事？」等到自由行者遠離後，琥珀才開口。

「喔，之前在第七星區看過她，就是異變島衝上來那時遇到的，叫珠珠，很可愛，不過我記得他們應該是一個隊伍行動啊……」沒看到其他人，青鳥想著八成也是剛好在這一帶順便支援，珠珠的打扮看起來還是第七星區時的模樣，不是當地守衛的衣裝。

「我不是問那位行者。」抓著他家學長手臂，琥珀又走了好一段距離，直到可以看見芙西船體了，才再度開口：「那個穿斗篷的是怎麼回事？爲什麼要攻擊你？」那瞬間他完全可以感覺到對方強烈的針對感，但不是對他，而是對旁邊這個矮子。

由此可見，他們被盯上很可能與虛仿那件事沒有太大的關係。

從認識以來，扣掉強盜團那個噬，琥珀完全沒看過他家學長曾得罪過什麼會想置他於死地的人，因爲他實在是太愚蠢呆笨了，學校裡的人頂多會想揍他或踩他幾腳，校外的什麼同好會更不用說，大多數人都當他是小孩子，沒人會眞正和他計較。

這攻擊來得太突然。

但是他學長卻知道爲什麼。

「……我想大概是，那個……」青鳥有點支吾，不知應該從哪邊講起，「家族裡的人吧，我不是傳了斷絕關係的信回去嗎……可能被外洩了……」

「你沒說過斷絕會被殺。」就琥珀知道的狀況，也應該不可能被殺，頂多被抓回去打一打，然後取消斷絕而已。

「我也不是很清楚，不過棕色不是家族主派……」青鳥抓抓頭，自己也是一頭霧水，完全不解發生什麼事，所以他在看清楚跟蹤者的當下整個人也很錯愕，「可是這樣也說不通啊，他們應該不曉得這些事情，沒理由吧……」

「要說理由的話，直接問他們看看？」

青鳥抬起頭，看見了從街道轉角再度走出兩名穿著棕色衣袍和斗篷的人，幾乎與剛才那些人完全一樣的打扮，身高也相差無幾；而同時間，後方也出現了相同的人，直接將他們堵死在這條街上。

「……你快點離開這裡。」將琥珀推進旁邊還沒拉下門的店家，青鳥瞇起眼，「快回芙西上，不要讓我擔心。」

留在這邊的確會變成妨礙，琥珀點點頭，聯繫上芙西的人，店老闆將門關上後，就打開後門讓他往街道另一端離開。

才剛走出沒幾步，琥珀猛地停下。

街道上，另一個人正在等待著他。

□

青鳥看著圍堵者。

「棕之家爲什麼要來找我的麻煩？」環顧著前後四名同樣打扮的來者，他微微壓低身體，將能力提高至隨時可以對抗對手、脫離包圍的程度，雖然已讓琥珀先離開，但他也很擔心對方會不會在路上跌倒或遇到什麼狀況，得盡快搞清楚後擺脫這些人才行。

翻開了斗篷帽，出現在青鳥面前的是四張完全一樣的女孩面孔，白皙完美、毫無瑕疵，每張精緻的臉上都沒有任何人類該有的表情，眼睛裡也沒有情感波動，如果不是因爲會活動，乍看之下很像高級的裝飾人偶。

等了幾秒，他沒有等到對方報上任何字眼，青鳥嘖了聲，只好改變說法：「棕之家的守衛授權範圍是在第四星區，爲什麼會離開崗位來到異地？我以白之家的身分質詢妳們。」

總算對他的話語有所反應，其中一個女孩慢慢抬起手，從斗篷內甩出刀刃，接著才開口：「不安的因素必須拔除。」

「……該拔十幾年前你們就該拔了！為什麼突然現在才動作！」

「不理解提出的意思，任務繼續執行。」女孩話語一落，與她長得一樣的三名同伴瞬間從斗篷下揮出相同刀刃。

這種低階守衛無法探問到太多情報，青鳥也沒辦法，幸好這四個似乎沒有剛剛那種怪異的攻擊儀器，他一個閃身避過對方急速的攻勢，確認速度在可甩開的範圍後，旋身踢了牆壁借力翻上商家屋頂。

多虧這幾天被芙西護船隊凶狠地毆打訓練，青鳥的確感覺到自己的速度和反應提升了不少……不提升也得提升了，護船隊的人根本把他往死裡打，沒避過就是被揍，有幾次還重傷被抬到副船長那裡急速救治，快速治癒之後又被打得滿地滾。這幾天他真的深深地感覺到，護船隊會強得跟鬼一樣絕對不是沒道理的，他們的訓練方式實在是太可怕、太不是人了！

含著血淚，青鳥瞬間甩開追兵，靈敏地把屋頂當平地般地奔跑著，歐斯克達教他的方法真的很有效。

終於完全不見女孩們的蹤影後，青鳥從高處跳下，準備返回芙西找琥珀。

就在腳著地的瞬間，一股冰冷的風從旁邊削過來，反射性迅速避開劃過來的刀鋒，青鳥就地打了個滾，還未站起身，某個黃色一大團的東西突然從側邊飛了出來，踹斷了刀刃，同時將攻擊者撞出很遠的距離。

他定睛一看，愣了有三秒，看見的是團小……大隻的小雞布偶搖搖晃晃地在地面上站穩，圓滾滾的大黃小雞一身毛茸茸，兩根短短的小翅膀就掛在身側，說有多治癒就有多治癒。

「大、大俠你可以動了啊？」看著大雞，青鳥咳了聲，一直到早上爲止，大白兔都還是歪歪倒倒到處撞東西的狀態，但現在看起來好像好得差不多了。

「是的，在下已經完全復原。」抬起兩根翅膀，大雞用力伸了伸，抖了幾下發現翅膀尖端完全無法相碰之後就放棄了，「總之，讓你們擔心了。不過，這是怎麼回事？」

隨著短翅膀的指向，青鳥看見剛剛被撞飛的女孩再度站起身，棕色的眼睛看了眼被破壞的武器後便拋開，重新從斗篷下甩出新的刀刃。

見當下也不是問話的好時機，大雞兩片翅膀轉了轉，微微壓低圓滾滾的身體，「此地危險，請讓在下來處理。」

看著翅短腳短的大圓雞，完全搞不懂爲什麼大白兔要用雞造型，青鳥正想問對方這種狀態要怎樣處理時，女孩已經揮刀又衝過來，接著剛剛被他甩掉的另外四個也各自從

街道裡衝了出來，立刻將他們包圍。

一蹬腳爪，大雞整隻旋翻了出去，側身一腳爪踹在迎面而來的刀面上，看起來很普通的雞爪竟然硬生生踢斷了刀刃；順著回彈力量，大雞一頭撞上了另一邊的女孩，像顆球般再彈回把原本的攻擊者也撞飛出去，眨眼就擊倒了兩名。

目瞪口呆地看著大雞詭異的攻擊方式，青鳥咳了兩聲，閃避開往他這邊來的女孩，急速打繞了兩個圈子，一掌擊昏對方。

稍微意外地看了眼男孩，大雞蹦了起來，重力衝撞了下一個攻擊者後，青鳥已經料理掉第二名了。

「帕恩他們教的方式還眞有效。」青鳥得意地拍了兩下手，歐斯克達教他怎麼穩住身體發揮速度，帕恩教他類似大雞的體技，加上護船隊的毆打，多少發揮出實戰成績。

「有打算如何處置嗎？」大雞搖搖晃晃地走過來，如此詢問。

「處置……就、就放著吧。」還眞不知道要怎麼處置這些女孩子，青鳥搖搖頭。

「這是荒地的地區，如果這樣放著，可能會出問題，在下先給荒地區域管理者訊息，請他們將這些人驅逐出島好了。」聯繫上當地的公用頻道，大雞傳好訊息後，就跟青鳥把這些長得一模一樣的奇異女孩們並列排好，接著才離開。

□

回到港口，遠遠地，青鳥看見波塞特在那邊等他們。

「琥珀回來了嗎？」青鳥快步上前，左右張望了下，沒看見他弟。

「喔，有啊，早你們一步，已經回船上了。」波塞特指指白色大船，然後低頭看著黃色大雞，「這造型也滿可愛的，你們下次要不要考慮用這個樣子出場，說不定會受到熱烈歡迎喔！」

「……在、在下心領了。」大雞動了動短短的翅膀，再度放棄拱手，接著抬起一點點的腳爪打算上船，但是布偶刻意做短的爪子實在抬踏不上船隻稍高的台階，於是大雞耐心地微微側過身，再抬起腳爪往上。

看著大雞努力地抬腳爪，青鳥覺得胸口某種信念好像又碎了一點，所以他趕在還沒碎完前跑過去，一把抱起大雞往台階上走，「不過爲啥大俠會變成雞？」

「那只是雞的皮啦。」本來在看好戲的波塞特好笑地跟著走回船上，他原本很想看大雞要甩多久的腳才會踏上去，可惜了。「兔子復原之後跑出來問我們有沒有什麼皮可以借他，他想要在附近巡視一圈，需要僞裝，找來找去我只找到這種雞的皮，還是跟港口的小孩奸商花兩倍價錢買來的，現在的小孩眞可怕啊～」

僞裝……

看著大雞乖巧不動的頭頂，青鳥很想再度大喊這根本不是僞裝啊啊啊啊啊——！不管外面套了雞還是魚，會動還會打拳還會攻擊人的布偶本身就已經不對勁了啊！並不是套上各種東西就等於僞裝！難道黑梭這些年來從沒告訴過大雞這件事情嗎！

內心百感交集，一回到甲板上，青鳥放開手，讓大雞跳回地面，接著看見大雞自己動了動，白色的兔掌突然從後腦伸出來，接著從腦後開始剝開黃皮，一點一點往下捲，最後潔白的大白兔踏出雞皮，還彎下身把雞皮整齊地摺疊好，遞還給波塞特。

「感謝借皮。」

「咳……此皮你就自己留著用吧。」努力吞下想笑的衝動，波塞特一臉正經地回答。

「那麼在下就收下了，贈皮一恩，日後再報。」一拱手，大白兔在道完謝後就把雞皮往後頸塞，直接塞進布偶身體裡。

「不不，不用改日了，就今日吧，我想問個問題當作回報。」依舊維持無比嚴肅的表情，波塞特很認眞地看著大白兔，「敢問大俠，你說話的方式到底是師承何方？我已經好奇很久了，盼望解答。」從在第七星區開始他就超想問的！想問得不得了！但是一直沒有適合的機會，而且波塞特也怕踩到雷被一兔掌轟下去，正好趁機快問！

一旁的青鳥馬上也豎直耳朵，超想知道的。

「讓兩位見笑了。」大白兔微微抬起頭，也很認眞地回答問題：「在下是體技能力者，幼時待在研究機構學習室，每日晨起開始都在揣摩母星古代拳法直到夜間歇息，故此學習了許多母星古代影片中的言行，因學語時期就已接觸，多年後難以矯正。」

「原來如此。」看大白兔的樣子，波塞特多少猜得到八成之後對方周圍的人也沒刻意矯正，就讓他一路講講講，講到現在了。這麼說起來，難道大白兔以前待的地方是個不用特意說話溝通的地方？所以才會讓他語言用詞絲毫沒半點改變？

「大俠以前在哪個研究機構啊？」不知道爲什麼，青鳥就覺得學習室聽起來很帥氣，連忙追問。

「這個、單位已經解除了，現今已不復存，恕在下無法告知。」

大白兔再度拱手。

「你們聚在這裡幹嘛？」

踏上甲板，稍早前回來的琥珀看著兩人一兔圍在一起，再度感覺到這些人似乎又在搞什麼可怕的陰謀。

「在說大俠小時候的事情，琥珀你沒事吧？」青鳥前後左右繞了圈，確定他家弟弟一根毛都沒少後才鬆了口氣，「幸好棕之家的人沒欺負你。」如果缺毛少角，他一定衝下去把那些小女生都抓起來打一頓！

「說到這個，這裡不是談話的好地方，先回房間再說，你得好好解釋一下，我不想要有多餘的未知麻煩。」環顧了周圍，琥珀淡淡說道。

「我們也可以去聽嗎？」對祕密超有興趣的波塞特興致勃勃地報名未知之旅。

「啊，也不是啥大不了的……不要對其他人提起就是了。」看著波塞特和大白兔，青鳥也很難拒絕他們，只好點頭。

「如果不想被其他人聽就叫他們滾遠點就好了啊。」看他學長神情有點躊躇，琥珀倒是完全不客氣地開口。

「不不，沒關係啦。」馬上打起精神，青鳥一握拳，「正義的夥伴是沒問題的！」

「不，絕對有問題。」琥珀冷冷地潑水。

「沒問題的啦，我們的嘴巴和蚌殼一樣緊。」搭著青鳥的腦袋與琥珀的肩膀，波塞特把小孩們一轉，往船艙走去，大白兔就跟在後面。

「你不知道蚌殼熟了會迸開嗎？」琥珀揮開肩膀上的手，繼續潑第二桶。

「死的，熟了也打不開，沒問題。」

「現在讓你死比較快……」

吵吵鬧鬧地回到艙房後，青鳥小心翼翼確認了附近沒有人也沒有任何監聽儀器，便鎖緊門，轉回看著室內。

坐在地上的波塞特從口袋裡掏出零食，開始啃起來，還順便遞給旁邊的琥珀，遭受一記白眼。

「總之，要從哪裡說起呢……」青鳥抓著臉，也坐到地板，思考著怎麼講比較好。

琥珀淡淡開口：「棕之家是第四星區、瑟列格家族的分支，主星區行政事務，這點就不用強調了。」在場的人應該都知道這件事情。

第四星區與其他星區的聯盟軍規格並不相同，瑟列格以神之家族名義統治，採取的是家族切割掌權方式。侍奉著三神與阿克雷的白之家大首領爲星區總長、同時掌握了第四星區最大的權力與管理；護衛與調動第四星區軍隊的主軍是橙之家；商業運作系統是

金之家；行政事務爲棕之家；律法管理爲黑之家。

這些全都是由瑟列格一代一代、自初代開始不斷傳承至今，極少讓外人進入，以神之名統治著第四星區，也是初代所有家族中至今最爲繁榮、壯大的家族。

對於其他星區而言，第四星區的統治方式近乎家族獨裁，但數百年來倒也治理得有聲有色，並不亞於其他星區；且居民們幾乎都是神之信徒或來自各地的尋求庇護者，對於瑟列格家族幾乎完全服從。百年前大戰時，藉機攻入第四星區的傭兵隊伍就是敗在上下一心的強大神名軍隊，以神爲名的軍隊不畏懼死亡，信任阿克雷會帶領他們取得勝利，而光之三神會安撫他們的傷痛，將他們的靈魂毫髮無損地帶回母星安眠。直到今天，不管是其他星區或是強盜團、海盜團，都不敢太輕易與瑟列格家族對抗。

「我是白之家的旁系，非常旁邊。」

「白之家好像女性居多耶。」波塞特打量著眼前的小孩，「瑟列格家族的首領一直都是女性，因爲初代瑟列格就是女性，所以後來代代都規定由女性相傳；白之家主要也都由女性構成，還眞少看到白之家有男的。」

「還是有啦，上上一代的總長身邊兩個輔佐就是白之家的男生啦。」青鳥有點不自在地說道：「因爲要推選首領，所以其他四色家族只要撫育出條件符合的女性，就會送進白之家作為候選人，即使不是總長，也具有比較高的各種神官地位。」不過，白之家的女性結婚後大多必須返回自己的家族，卸除神官位置，另一半也不得以白之家名號自稱。大多女性因此不結婚全心全意侍奉眾神，也是造成白之家幾乎都是女性的原因之一。有特殊理由和地位可以留下的已婚女性們生下的孩子不管是男是女，優秀者得以留下作為輔助，同樣以白之家自稱，其餘的依舊得重返各色家族，於是才有少數男孩存在。

「我前幾年跟著芙西辦事時曾經見過白之家的祭神大典，美女超多啊……但是都不高……啊！」看著一點點的青鳥，波塞特一擊掌，立刻知道遺傳因子是怎麼出現的了。

「不要說出我的痛啊啊啊啊——」青鳥發出慘叫。

「放心，發育期很快就會再長高了。」大白兔試圖安慰。

「長不高了……」青鳥趴在地上，默默地流著眼淚。

「那為啥你是白之家？」把話題拉回去，波塞特很好奇眼前人自稱白之家的原因。

「這個嘛……因為我登錄的身分是亡故神官的孩子，所以歸屬在白之家下方。」

總覺得青鳥的表情很不自在，大白兔晃了晃耳朵沒有說出口，畢竟每個人都有自己的難處，對方願意說明自己的出身家族已經很誠懇了。如他，也不見得想告訴在場所有人他真實的身分，倒不是不信任，而是怕其他人因此遭到災禍。

「那麼管理行政的棕之家爲什麼現在冒出來要殺你？」想不通這點的琥珀皺起眉。

「我也搞不懂啊。」自己也沒個頭緒，青鳥完全狀況外。他當時的確認出來了，但是驚訝於棕之家出現在這裡，對於會被砍眞的完全沒個底。

「那你就現在下去被砍到死吧，死前記得問她們爲什麼要砍掉你，這樣最快了。」抓起地上一問三不知的矮子，琥珀打開門，用力往外面推。

「別這樣啊啊啊啊——」抓住門框，青鳥連忙縮回去。

「你就做個有用的人，在死前發揮最後殘餘的價值。」

「有用的人不是拿命去做的啊啊啊——」

青鳥才猛一伸手後撲，正要抓住他家弟弟，原本正推著對方的琥珀突然收力站開，害他整個人落空，直直用臉撞在地板上。

「你們在幹嘛啊？」

剛走過來的歐斯克達聽見很大的撞擊聲響，疑惑地看著艙房內的幾個人。

「兒童摔角，沒事。」波塞特笑笑地代表回應，「怎麼了？」

「第六星區傳來了兩份訊息，一份是你的，一份是琥珀的。你們要去通訊室收嗎？

那裡連線已經修好了。」特地過來通知的歐斯克達如此說道。

「修好的話，我在這裡就可以使用了。」琥珀打開自己的儀器，逕自連到芙西的系統上收下自己的轉件，反正之前在幫忙工程師時，工程師就給過他船員使用的系統連線，登上去收發個轉訊沒什麼大不了。

「我的？」波塞特愣了下，連忙站起身，「佩特發來的嗎？」

「嗯，是急件。」

第三話▼▼▼污染者

第六星區

「沙維斯閣下。」

走在軍方總部的青年停下腳步，微微偏過頭，目光冰冷地看著後頭跟上來的女性。

「您有收到舊世代機組處置的報告嗎？」卡蘿跟上了青年，看著稍高於自己的男性，「前些日子在墓園攻擊您的那些機組已被拆卸處分，資訊官們做了初步分析，已經過濾出一些有用儀器指令，正在加以破解回追。」

「嗯。」淡淡應了聲，正打算離開總部的沙維斯繼續踏出步伐。

他對於儀器會被怎樣處置完全沒興趣，只要再出現，他就是見一次毀一次。

「指揮官確認了月神的幾個可能藏身處，請問您打算何時出手呢？」身爲特殊部隊，卡蘿繼續詢問。

「再等。」

「好的，那麼祝您今日過得愉快。」卡蘿停下腳步，在大門口微笑地送走青年。

離開聯盟軍，青年又走了段路，招來了高速動力車，解除身上的儀器與軍方連線後，抱著長刀閉上眼睛，靜靜地調整呼吸，度過這段車程時間——他要去的地方離中央區有點距離，足以讓他先紓解些疲憊。

「最近日子似乎不太平啊，鄰近的第七星區出了大事，連第六星區最近也聽說有奇怪的機組，聯盟軍的閣下應該也相當辛苦。」

他微睜開眼，設定好路程之後便開始無聊的司機開口與他攀談起來，司機看起來稍微有些年紀，面孔挺親切的，就像隔壁鄰居般友善。「莉絲爆炸後，第六星區表面上雖然恢復了平常生活，但人們還是很害怕啊，如我們這樣的小老百姓，也是只想好好安穩地活下去而已。」

沒有應答對方的話語，沙維斯無聲地看著司機。

「四年前啊，港區發生那樣子的事情，當時我妻子就在港區消失了，至今還沒找到，也不知道人是否平安，或是有沒有好好地受到光神的指引，安然返回母星。」

「不久前，飛行器砸在第六星區上，那天我女兒也在學校上學，就這樣再也沒有回來了，軍方只給了我們一份罹難者名單與慰問金。」

「即使如此，我和兒子還是只能繼續活下來，畢竟我們只是非常普通的一般人。」

一般人嗎……

似乎，好像在哪邊也聽過這樣的話。

「閣下是因爲什麼進聯盟軍呢？」

微微收緊了握著長刀的手，沙維斯看著窗外快速飛逝的景色，「……身邊的人，不在了。」

「唉呀呀，眞是遺憾，希望我們所愛的人在神的指引下，能夠順利回到母星沉眠，再也不會受到任何苦痛。」

聽著前方傳來爲死者祝福的禱唸詞，他再度環著長刀閉上眼。

爲什麼成爲聯盟軍？

他也不記得。

只是在那時醒來之後，就已經得到聯盟軍的救助；只是在回憶之後，記起了躺在自己手上已經失去氣息的人非常重要，在港區陷入暴動時，和許多人一樣失去了各式各樣的過往存在。

但是，這些都不重要了。

他只需要執行他的任務即可。

再度睜開眼睛時，動力車已經停在港區慰靈碑前。

付款下車後，沙維斯等了半晌，便看見稍早發給他訊息的青年匆匆跑過來。

「抱歉，晚了點，佩特揪著我硬要把店裡的桌子都擦乾淨才讓我出門。」邊整理服裝邊小跑的海特爾到了約定地點後才喘了口氣，「真是，佩特老是不留情，每次都連小波的份一起修理在我身上。」

沙維斯微微偏過頭，盯著似乎已經完全痊癒的青年看了半晌，「藥師不錯。」

「啊，對，謝謝您那時候答應我們無理的要求，還用私人車輛親自送我們離開墓園。」受傷後，海特爾基本上已經失去意識，後來聽佩特說，在她語氣強硬地拒絕後，沙維斯突然在聯盟軍還未到達前就招來自己的動力車，載他們離開那一區，直到佩特指定的藥師店家幫他們醫治，確認沒問題後才離開。

「沒什麼，我也不喜歡聯盟軍醫院。」雖然聯盟軍有配給醫生，不過沙維斯自己本身也是尋找藥師而非醫院——大多數能力者都不喜歡醫生。

「總之，這是謝禮。」海特爾抬起手，將手上的提盒遞給對方。

「……不需要。」沙維斯並不認爲有什麼好謝的。

「咦～我特地問小波菜單，小波說廚師還記得你在芙西上很喜歡點的食物，爲了問這個我還被罵一頓耶。」託了佩特幫他發轉件，沒想到佩特把受傷的事也一起發過去，結果海特爾接到難得的連線後，他沒禮貌的弟弟劈頭就把自己罵個亂七八糟，什麼白痴智障遲鈍少根筋都出現了，如果不是因爲要問菜單必須忍著點，他還眞想罵回去而不是乖乖被那個比他更智障的傢伙罵。

「芙西？」

「嗯，我弟弟是芙西的船員，不過是後期船員，你應該比較沒印象，但是帕恩他們都還記得你。」

「我記得帕恩。」沙維斯點點頭，大致上了解了狀況，於是接過提盒；打開後是雙層盒子，上層是米色的手製糕點，下層是帶著紅色點狀物的餅乾片，「這個……」他皺起眉，有點疑惑地看著下層。

「欸？難道不是你喜歡吃的？」糟糕，那個餅乾超難做的，佩特弄了大半天才做出來。

「不吃。」

「你不吃餅乾？」難道波塞特那個臭小子耍他嗎？海特爾一時也困窘了。

「不，只有這種不吃。」

雖然搞不清楚是怎麼回事，不過也可能是廚師弄錯了，畢竟芙西上來來往往的人那麼多，海特爾連忙從身上找出方巾，收回餅乾，「眞是抱歉，那上層的確沒錯吧？」

「嗯。」道過謝，沙維斯正想返回聯盟軍繼續執行預定排程時，突然感覺到四周有點不太對勁。

港區慰靈碑建立在商區熱鬧處，即使是剛才，周圍還人聲鼎沸的，但現在聲音卻突然減弱，原本很有精神的人們聲音逐漸轉小，接著人群中突然出現了第一名女性倒下，接著是第二個、第三個……不斷擴展，周圍人群根本還來不及發出疑問，就這樣全都接連失去意識。

「這是……」海特爾有點錯愕地看著不停倒下的人們。

將提盒往青年身上一塞，沙維斯打開隨身系統，透過軍方連線直接強行接管了這區所有儀器機組，隨即極快啓動全部防禦裝置、包括居民身上的，各防禦儀器立刻拉出氣流阻隔看不見的物質，迅速保護人體，讓一些人爭取時間逃離。

「躲好。」看了眼莫名其妙又被捲進來的普通人，沙維斯拉出了長刀，直接轉向敵人的藏身處。

不給任何招呼，他猛一竄出，一刀斜切，直接削斷佇立在大街上的大型招牌，也削開了對手的肩膀。

險險避過刀鋒的是個全身穿著黑衣的人，擁有某種野獸般的面孔，但臉部異常猙獰扭曲，像是受過什麼嚴重的傷勢。

「……污染者嗎？」

□

沙維斯環顧著已然安靜下來的商區。

倒在地面的一般居民顯然還有呼吸，平穩的狀況不像中毒，應該只是因爲某種因素昏迷。周圍店家裡多少有些能力者，他可以分辨出來，就像知道攻擊的人不只眼前這個污染者一樣。

微微降低了刀尖，他冷眼看著衝著他發出吼叫的污染能力者。

雖然不知道來意，但具高度攻擊性的危險能力者，砍掉就對了。

污染者露出深黑色的獠牙，發出了憤怒的聲音，瞬間往他撲來。

早料到對方會出手試探，沙維斯確定其他落在四處的同黨沒有集中一起攻擊的打算後，旋身輕鬆躲避掉污染者的襲擊，在對手還錯愕自己的速度時揮出長刀，往黑色背脊拉出了又深又長的血痕。刀鋒帶離同樣混濁的深色血液時，他皺起眉翻開了很遠，然後看著在空氣中與莉絲作用，開始冒出細煙的黑血。

這點毒氣，在防禦機組作用下還不至於對人體有所損傷。不過這也說明了眼前的污染者存在非常危險，必須盡快排除才行。將目前狀況回報給聯盟軍得到許可後，沙維斯緩緩微斂了氣息，再度出手時已將長刀貫穿衝來的污染者胸口。

感覺到對方其他同夥分別爆出了各式不同能力，他靜靜地分辨著，然後抽回刀，將污染者扔到離人群遠一些的地方等待聯盟軍回收。看來那些同夥似乎還是不打算出面，應該是眞的來試探他而已；就感覺來看都不是現知的處刑者，也非一般居民……算了，他對那些陰謀什麼的都沒興趣，只要出現，一個一個砍了就是。

收起刀，他發現周圍出現了處刑者，依照分辨出來的感覺，看來是月神和森林之王，從建築物屋頂上蔓延出的綠色植物可以證實他的想法。

「好像在清除毒素耶。」

猛一轉頭，沙維斯看見應該躲起來的青年居然大刺刺地站在旁邊，還一臉好奇地看著翻長出來開出小小白色花朵的植物。

「……這裡很危險。」那些同夥還沒散去，只是因爲處刑者出現，讓他們忌憚了。

「森林之王不是來了嗎，那一定沒問題。」興致勃勃地抬起手，海特爾摸著長到旁邊的小葉子，葉子上有層淡到幾乎透明的粉末，一觸碰後立刻散開融化在空氣裡，傳來淡淡的清香，讓人精神也跟著好了起來，四周倒下的人似乎也因此開始慢慢醒過來，「啊，你們應該不會在這裡開打吧？」他突然想到這個聯盟軍是以嚴肅出名的，四處獵捕處刑者。

「不會。」其實沒必要向一般人解釋，不過沙維斯還是回應了。

「那就好。」

「爲什麼？」

沒料到一臉嚴肅的聯盟軍竟然反問他這三個字，海特爾愣了愣，「要說爲什麼的話，對一般人來說，處刑者就是我們崇敬的對象，當然不希望看到處刑者和聯盟軍打起來。」因爲對方是聯盟軍，他也不好意思明說，大多數普通百姓寧願相信處刑者，也不一定會相信聯盟軍，尤其是這幾年來名氣最盛的三大處刑者，每個都擁有比軍方還值得信賴的品德，眞打起來，恐怕幫處刑者加油的人會比較多。

海特爾本身就是伊卡提安的支持者，他肯定也是支持處刑者打贏的那方，但這就不方便和聯盟軍明講了。

點點頭，沙維斯陷入思考。

「說起來，爲什麼您會想加入獵殺能力者、甚至是處刑者的小隊？」既然對方自己提問這方面的話題，海特爾也不客氣地開口了。

今天已經是第二次被問到這種問題了，沙維斯微微皺起眉，反射性感到有點不快，但自己也不理解爲什麼會有情緒上的變化，「如果無人維持，秩序怎會平衡。」

「唔……這樣說也是……」聯盟軍的確也制止了壞的能力者，保護人民的安全。海特爾實在也不能說聯盟軍全然不好，對於百姓來說，有好的軍人和統治才眞的能讓社會穩定，只是不好的相對也多，這就讓人很糾結了。

正想再講點什麼，海特爾發現對方突然往後退開一步與他拉開距離，還未開口，倏地黑色的影子突然從空中落下，正好就站在那個位置。

稍微愣了下，他立刻看清楚這是個夜魅，巨大的軀體以及漂亮的面孔，身上有著屬於軍方的標誌。

看著來援的港區部隊，沙維斯直接將命令下給先來向他報到的夜魅，「淨空此區域，追蹤污染者，具高危險性，抵抗者擊斃。」

夜魅點點頭，瞬間翻身回到天空。

回過頭，沙維斯看向還在旁邊的一般平民，「你也快回去吧。」他數算著逃逸的攻擊者氣息，準備追上去獵捕。

「咦、呃，好的。」

盯著遠去的聯盟軍，海特爾嘆了口氣，「真忙啊……每個人……啊！」

點心忘記拿走了。

□

芙西

青鳥趴在床上，完全無法入睡。

港區進入深夜後，四周寂靜了下來，原本還很熱鬧的港口現在也僅剩海浪的規律聲響。

白天接到轉訊後，琥珀就再也沒有開口了。也不知道是收到怎樣的訊息，不管青鳥怎麼鬧他，對方就是一個字也不說，吃過晚餐後早早就上床睡覺，看起來很反常。問了通訊室，說是高級加密通訊，所以他們也無法告知內容。

「唔……」

「怎麼了嗎？」在地板上打坐的大白兔聽見嘆息聲，立刻抬起兩隻耳朵。

「沒、沒事，我上去走走好了。」壓低聲音，青鳥小心翼翼地爬下床。

「那麼在下陪你一起出去。」有點擔心上午遇到攻擊的事情，大白兔立即站起身。

「啊，不用了，我就在甲板上而已。」連忙制止對方，青鳥哈哈地笑了笑，「沒事沒事，護船隊也都在上面，很安全啦。」

「嗯，那務必多加小心。」大白兔坐回原位，繼續打坐冥思。

離開了船艙後，青鳥看著空無一人的客艙區域，突然覺得原來芙西的船內空間如此巨大。拉了拉衣服，他快步走上甲板，從離開房間後就隱隱可以感到各種視線，大概是隱藏在暗處的護船隊或船員們有意無意盯著他的動作吧，不過倒是沒有人冒出來攔他，就讓他一路順暢地上到甲板。

海上的月亮非常大。

搭乘芙西往返這段時間裡，青鳥很喜歡看著夜晚海面上的月亮，聽說母星的海上

月亮也是這個樣子，當初留傳下的資訊多少也有類似的畫面。據說這裡眞的相當接近母星，不完全是指被改造過後的現在世界，而是星系的排列與距離，不管是太陽或月亮都非常相似，只是比母星小了許多，就像一個縮小了點的太陽系。

初代人類們當時會選擇在這裡改造世界，重新帶領人類活下來，應該也是喜歡這樣子的月亮和太陽吧？不管到哪個地方，那種喜愛已經成爲血液中的一部分，從地球帶到遙遠的行星，還是難以抹滅。

雖然根本沒有親眼見過自己的「母星」，但青鳥和其他人一樣，也期盼著未來可以度過宇宙星河，回到遙遠的母星中得到永久的安眠。

暗藍色的天空之外，幾億光年的遙遠亮點中，應該就有他們最終的歸處。

那麼，接下來該怎麼走呢？

上午，帕恩返回芙西後稍微告訴了他們狀況，說是震盪只毀了幾棟房子，芙西的據點有裝置反震盪儀，所以並沒有損傷，對方攻擊完也就跑了，荒地現在正在追查破壞者的下落。

棕之家的人不會就這樣善罷干休吧，雖然搞不清楚他們的來意，想了一整天也想不出個所以然，但是肯定不會這麼簡單就放手的。

「嗯……眞的得回去一趟了嗎……」

「回去哪裡？」

突如其來的聲音嚇了青鳥一大跳……他整個人眞的跳起來了，「咦咦咦——」猛一回頭，他錯愕地看著不知何時離他很近的陌生人，竟然完全沒聽見對方的聲響也沒感到氣息，一個人就這樣平空冒出來。

那是個火紅色的男孩子，年紀看起來似乎比琥珀小一點，但也差不了多少；火焰般的長髮和眼睛，穿著奇怪樣式的大衣，不像船員也不像護船隊，就坐在後方的護欄上，笑笑地支著下頷，「有趣。」

是船客嗎？

不對，這幾天完全沒見過這樣的船客，這個小孩子這麼顯眼，不可能會忽略掉。

「我想想……這時間應該說晚安。」男孩笑了笑，從護欄上跳下來，左右張望著，然後又轉回過頭。

「晚安。」反射性回應問候，青鳥又愣了兩秒，突然想起來船上有「炎獄」，這幾天不管問誰都問不出來，每個人都給他打哈哈地帶過……該不會這小孩子就是炎獄吧？看他的外型還眞有點像，而且這時間還能在船上走動，肯定也是什麼相關人員，越想就

越覺得有可能。「你是能力者嗎？」

「按照你們的分辨方式，我是啊。」毫無猶豫，男孩大剌剌地回答了這個問題，「不過現在不能用，會帶來災禍。」

果然是嗎！

青鳥瞬間雙眼放光，沒想到竟然會在這裡遇到芙西的祕密武器，他當下眞的就想掏出簽名本。但是完全不認識，可能會嚇到小孩子，「呃、雖然跟我想得不太一樣，不過很高興見到你。」上下看了看，好少的肌肉，不過小孩總是會再發育的！他完全看好炎獄未來的發展性！肯定會變成肌肉滿滿高級又緊實的超強能力者！

「……很高興見到我？」微偏著頭，男孩露出有點疑惑的表情，「我不認識你。」

糟了，該不會炎獄身分是極度保密不能隨便外洩的吧？

「這個，總之就是種問候語，跟認不認識沒關係。」連忙完全打消了簽名的念頭，青鳥想著等過陣子再向對方要好了。

「這是裝熟吧，傳說中的那個，跟你非親非故也要打招呼裝得好像很熟。」拍了下手，男孩露出恍然大悟的表情。

愣了一下，沒想到男孩居然會給他來這句，青鳥看對方一臉單純沒有什麼惡意，也

只好跟著乾笑了。

「啊，我得走了，現在還不能出來太久，會被罵。」往船邊走了兩步，男孩突然轉過頭盯著身後的青鳥看，接著露出某種原來也不怎樣的表情，「嘖嘖。」

「咦？」搞不懂對方那是什麼意思，青鳥都還沒追上去問，男孩瞬間就消失在護欄之後，連個影子都不剩。接著他就聽見有腳步聲靠近自己，幾秒之後果然看見波塞特從後方轉角處走出來。

「怎麼了？」看著青鳥左右跑了圈，波塞特好笑地壓著對方的腦袋讓他停下腳步。

「你們船上有個男孩子……」猛然閉上嘴，青鳥驚覺這不知道可不可以說出來，那個小孩剛剛的確說了會被罵什麼的，搞不好有被禁足。

「你啊。」波塞特好笑地戳著手下的假男孩。

「吼！不是我啦！我成年了啊啊啊渾蛋！」一腳踹在波塞特膝蓋上，青鳥火大地反駁。

「開玩笑的開玩笑的，船上除了琥珀外，沒有其他所謂的男孩子，我是近期最晚成年的船員囉。」拍拍褲管，波塞特笑笑地說道。

「怪了……」

「你看到什麼男孩？」雖然是在說笑，不過波塞特也警戒起四周。

「沒什麼，大概是錯覺吧。」連忙揮揮手，青鳥很快地搖頭，因爲對方的回答讓他突然確定男孩的事情不能說出來，不然肯定會爲對方帶來什麼麻煩，「那我再去後面逛逛好了。」

「嗯，如果肚子餓的話，廚師有留一些宵夜在廚房裡，可以自己去拿來吃。」

看著蹦蹦跳跳跑遠的青鳥，波塞特環起手。

「你們剛剛有看到什麼男孩嗎？」

從黑暗中走出護船隊的人，回應了他的問句：「沒有，我們注意到時，只覺得他在自言自語，所以才叫你過來。」

「這樣啊……」

□

模模糊糊轉醒之際，他聽見很細微的聲響。

「您在幹嘛？」慢慢睜開眼，琥珀看見大白兔用一種很難形容的躡手躡腳姿勢走動

著，看著看著他整個人也完全清醒了。

「啊啊，吵到你了嗎？真是抱歉。」大白兔停下動作，紅色的眼睛轉過來，看著起床的小孩，「在下正打算出去做晨間練習。」

「嗯，沒關係。」轉過頭，他家學長睡得跟豬一樣，琥珀也乾脆起床了，換了衣物後就和兔子一起走出艙房。

踏上甲板後，外面天空還有點昏暗，冰冷空氣與潮水聲撲面而來，清晨的港區周圍仍泊滿了在此過夜的大小船隻，遠一點的海面上有著晨起正在做簡單漁獲打撈的小船，一眼望去形成很特殊的景致。

稍微摩擦了手掌，琥珀有點後悔，應該多套件外套。

「這個給你。」留意到小孩的動作，大白兔從後頸掏了掏，拉出了薄外衣遞給對方，「黑梭以前也常常這樣，覺得野獸系身體就是很好，所以經常少帶一件衣服。」

「……我還真想知道你身體裡有多少東西。」看著柔軟的大白兔，琥珀接過外衣，突然興起了解剖兔子的想法。

「在下偶爾會放點日用品，畢竟空間很大。」完全沒感覺到會被切開的大白兔正經回答了，「但是臨時轉移身體而不得不放棄物品時，就會很可惜。」

「你們怎麼沒想過在身體裡加裝爆破類型的攻擊儀器，這樣聯盟軍下次要分解掉你時，還可以賞他們一記驚喜。」瞄了眼兔子的身體大小，琥珀覺得可以裝上好幾個，之前聽說兔子被處決好幾次，應該利用這種方式削弱敵人。

「北海提議過，在下拒絕了。」晃了晃耳朵，大白兔仰頭看著男孩，「聯盟軍並不是壞人，也非眞正的敵人，我輩不可因自身恩怨牽連無辜，雖然無法攜手合作與互相理解，卻也不能夠任意傷害。在下認爲，聯盟軍也非常認眞，最終能夠給百姓生存之所的亦是聯盟軍。」處刑者雖然受到百姓信任，但終歸只是個體，而且也無法永遠存在。

「唔……」果然是什麼正義的一方會說的話啊。琥珀深深認爲自己完全沒這種氣度，人要犯他、他必定報復，才不管對象是什麼來頭。

「這是在下的『道』，每個人的道皆不相同，不用因爲在下而感受到牽制。瑞比特未來如何發展、踏在怎樣的道之上，就由你們新一代的人決定了。」頓了頓，大白兔繼續說道：「只要記得，不管是『兔俠』或是『瑞比特』，甚至『曼賽羅恩』、『月神』，起因皆由『心』，這樣就可以了。」

「我懂你的意思。」

接著，他們又沉默地走了段。

看著逐漸升起的太陽，琥珀才再度開口：「雖然我明白你的意思，但是你講這麼長一串學長肯定聽不懂。」他家學長的腦容量塞不進去那種太複雜的討論。

「在、在下也這樣覺得……在下會盡量精簡地告訴他。」抓住垂下來的耳朵，大白兔突然覺得有點對不起青鳥。

「對了，因爲事情太多反而沒確認，那時候在小鎮上你是遇見了第三類能力者嗎？」正好現在有時間，琥珀乾脆趁這空檔詢問小村上的事情。

「是的，在下遇見了那位茉莉小朋友。」

根據大白兔的描述，琥珀和青鳥從小店撤出的那天，大白兔一路擊倒許多機組，保護了不少民眾進到安全空間後，因爲被某些事物吸引，所以就越走越遠，以致於後來直接脫離了港區戰鬥範圍。

「事物？」

「是的，雖然當時視線不太清楚，但在下似乎看見強盜團和聯盟軍混在一起。」大白兔用短短的兔掌比畫了下，「從體型與對方受過的武技步伐判斷，在下認爲是當時在第六星區對上的強盜團，噬；雖然外貌可以改變，但是長年訓練的體態騙不了人。」

遇到噬的某次，黑梭和曼賽羅恩都有看見喬裝的雷森家強盜，所以他們當然曉得這件事，兔子因此追上去並不奇怪，他們先前就說過一直在盯這支隊伍。琥珀點點頭，「後來你就在小村遇襲對吧？」

「沒錯，在下跟蹤到一半時，突然被機組襲擊，但是那些機組並不是衝著在下，目標是路過那邊的另一支聯盟軍。」當晚大白兔原本想探查看看噬和這起騷動的關聯性，沒想到會看見勾結強盜的聯盟軍攻擊聯盟軍。後來和其他人會合後，他才曉得那個晚上許多聯盟軍都遭到攻擊，開始進行替換。

「布蘭希統帥的隊伍。」難怪她會在那種地方，難怪會尋找他們。琥珀大致上了解發生什麼事了。如果布蘭希知道自己是被另一批自己人襲擊，可能也發現了部分勾結和替換事實，那時間找上他們的確是唯一的選擇。因爲處刑者不屬於聯盟軍，也不屬於強盜團，亦不像自由行者隨心所欲，他們是來自於人民的一種變化，代表的是「一般人」，所以當下讓處刑者介入才會安全。

說來也可悲，到目前爲止，第七星區還是致力於消除處刑者，但在這種時候，如布蘭希、尤森這樣的正義派系必須要找到處刑者才能夠得到安全。

「在下發現是布蘭希統帥後，原本想要助其一臂之力，但突然遭到第三類能力者的震盪攻擊，失去意識前看見那位茉莉小小姐，在清醒時已經被壓在牆面下了。」

「但是我們到達時只看見布蘭希統帥被帶……啊！」猛地，琥珀突然完全明白那些強盜在玩什麼花樣了。

如果是這樣，黑梭他們眞的危險了！

「怎麼了嗎？」見琥珀的表情不對，大白兔連忙追問。

「等等再說。」轉過頭，琥珀左右張望了下，「請問能讓我們使用通訊設備嗎？有急事必須馬上聯繫上第七星區的人。」

從隱匿處，走出了芙西的護船隊。

「請跟我來。」

第四話▼▼▼反抗軍

「朱火強盜團打的主意是捕捉擁有第三類能力的茉莉，然後將團長的靈魂替換在第七星區總長身上。」

「總長和其他被替換的人不一樣，各種權限都得經過完全探測後、確定是『總長本人』才能真正發動，只要確保『總長』，那麼他就可以解除聯盟軍權限封鎖，將這些東西完全開放給底下其他人使用。所以各種階級都能以分身替換，但是『總長』必須是同一個人。他們的計畫就是發動攻擊替換，長年潛伏削減處刑者後，一口氣換掉各自監控學習的對象；最後強盜團團長利用第三類能力者的能力，把自己和總長交換，徹底取得第七星區。」

「會到現在才動作，恐怕就是因爲他們一直在等第三類能力者出現，正好這兩年布蘭希統帥招募了茉莉，促成了這場完全攻擊。」

「而茉莉的能力者身分也已被登錄確認了，罕見的第三類能力——中階『調魂』。」

這樣一來，美莉雅他們所說的話就都可以了解意思了。

將自己分析的情報說完後，琥珀看著一室的人們。

映像畫面上有著黑棱、北海、曼賽羅恩與藤，他們各自分散在不同地方，好不容易花了點時間和工夫才讓他們都連上通訊。

而在室內的則有大白兔、青鳥，以及被通報請來的船長、護船隊隊長，與路過就直接不要臉跟進來聽的波塞特。

「所以你們現在非常危險，那裡已經不是聯盟軍星區，而是徹徹底底的強盜星區。他們甚至可以運用所有公共資源剷除你們，這程度已經和先前評估的不同了。」原本以為強盜團接收系統還要一點時間，但琥珀現在曉得已經沒時間了，強盜團在這幾天應該已經完全控制住第七星區，沒有轉圜餘地，而且還用這種替換方式，其餘六大星區根本無從幫起。

沉默了幾秒，遠在另一端的黑梭才嘆了口氣，「原來如此，我給你們看看稍早第七星區公用頻道播放的東西吧。」

幾秒後，下載好資料的畫面上跳出了影像。

那是一段聯盟軍公開新聞。

在七大星區派出使者抵達後，第七星區總長公開出席這場會議，並將完整的報告交予其他星區使者，除了延續之前能力者暴動的說法，還展現出了讓所有人錯愕的物品。

大型飛行器。

與砸在第六星區上、引起嚴重死傷的非常相似，但看起來更為先進了些。

「我們是科技最落後的第七星區！」畫面上，「總長」嚴肅地開口：「一直以來受到各種箝制、能力者的攻擊。」

「但是從今天開始，第七星區將重新振作清醒，我們將會招募更強、更有力量的軍隊，由雷森家族領導開發新式低能源機組。目前展示的飛行器雖然還無法眞正飛行，不過很快將會突破現有技術，讓第七星區成為不再受攻擊的強悍星區。」

影像上，琥珀看見了噬，看見了美莉雅，也看見很多高階級的統治層人員，包括另外一個尤森在內，他們全部支持「總長」，每個人都露出了將要有所為的衝勁表情。

「在這段新聞之後，第七星區就實施了各種宵禁，而且聯盟軍數量大增，有許多不知名的隊伍正打著搜索暴力派能力者的名義，破壞許多地方，當中眞的有一些隱藏性的能力者遭到殺害或是被帶走，現在這邊的狀況很混亂。」黑梭嘆了口氣，有點無奈地抓抓後頸，「我們已經盡量保護部分人到安全地方了，不過還是趕不上聯盟軍的速度，還拉著藤他們一起幫忙。」

「因爲不能使用森林之王，在這裡我們以兔俠組織名義出手，請勿見怪。」看著大白兔，藤微微一行禮。

「在下才要感謝你們的仗義相助，此份大恩，日後再報。」大白兔一拱手，「局勢如此，在下也會盡快尋得機會趕回。」

「你還是先別回來吧。」黑梭笑了下，「現在第七星區的海域全部被封鎖了，除了六個星區的高級官船可以進入外，所有船隻全部被禁止，而且還被大量抄走了，打的也是要圍堵暴力者的大旗，能不回來就盡量別回來，我們已經啓動備用方案，而且還有藤的綠能力幫忙，你不用擔心沒有兔子，大家還是相信兔俠正在到處救援的。」

「雖然如此，在下還是會盡快回去的。」

後續黑梭又和大白兔交換了些情報事項後，才截斷通訊。

看了眼他家從頭到尾沒說話的船長和隊長，波塞特抓抓臉，也沒發表自己的意見。

「我們這邊可以幫啥嗎？」青鳥看著旁邊的琥珀，後者朝他比了個噤聲的動作。

思考了半晌，船長轉過身，看著琥珀等人，「事關重大，芙西也會通報給擁有者，若有其他訊息或協助，會通知幾位。」

「非常感謝。」

大白兔一揖。

□

「我們要怎麼幫忙啊？」

離開通訊室後，青鳥拉著他家學弟，連忙問道：「跟大俠一起回第七星區嗎？」

瞥了眼旁邊的傢伙，琥珀嘆了口氣：「先站穩腳步吧，我們要回第六星區。」而且他如果沒算錯的話，第六星區差不多也快出事了。

畢竟強盜團不可能將自己的人手留在那裡卻什麼事都不做。

「唔……」

「還得處理學長你的事情。」既然棕之家要上台加入這齣戲，只好也幫他們安排角色的位置了。「第七星區的事情既然已經落定，眼下一時半刻也沒辦法處理，黑梭他們會盡力的，我們先做好自己能做的吧。」

畢竟若強盜已經接管星區，他們怎樣做都來不及挽回了，就只能先靜觀對方接下來會有什麼動作。雖然很消極，但卻已是唯一的辦法。

如果對手不先開演，戲便無法接連下去。

「嗯……也是。」青鳥點點頭，「不知道小茆他們現在如何了。」

「很快就會知道了。」

「唔……」

正想內心糾結一下時，旁邊的琥珀突然抬起手，青鳥跟著看過去，「怎麼了？」

「核桃在找我們。」看了下傳過來的訊息，琥珀皺起眉，「是緊急訊號，好像遇上什麼事情了，給了一組附近的小島座標，怎麼辦？」

「朋友有難！拔刀相助！」

「……」

「對不起我是開玩笑的，琥珀你認爲呢？」在對方面無表情之下感覺到深深的殺氣和壓力，青鳥連忙改變說詞。

「無視。」他的答案再怎麼問都是一樣的。

「這個……」青鳥糾結了，「不能先看看他們遇上什麼麻煩嗎？」既然是反抗軍，那就會有一定的規模與配置，怎麼會突然向他們這些路人發緊急訊號呢？

「可以啊，不過學長你又想去插手嗎？」邊調整著手上的聯繫儀器，琥珀嘖了聲。

「就像琥珀你自己說的，這算是從平地做起的一部分啊。」

「是、是，現在幫你了解狀況。」在附近的座椅落坐後，琥珀開始專心追蹤對方的痕跡，顯然核桃所屬的反抗軍也有優秀人才，對方將發訊地點隱藏得很好，也用了許多轉換跳點，串聯不少港島上低階儀器作爲隱藏。不過，對他來說，這些都不是什麼阻礙，所以他很快就反追了起源，的確就是在那組座標附近，看來地點稍微有些可信度。

不過他們也才見過一次面，反抗軍照理來說不會向陌生人發出訊號。

是因爲瑞比特嗎？

「嗯……」又搜查幾個系統，琥珀覺得核桃應該是眞的向他們發出警訊了。

「如何？要去嗎？」看他家學弟微妙的臉色變化，青鳥差不多可以猜到對方應該是眞的遇上事情，雖然和對方才見過一面，但人家似乎很相信他們，放著不管也不太好。

「你想去就去吧。」評估了下那一帶的地勢，琥珀回過頭，「找個人和你一起過去，我留在船上比較好發揮。」在那種小島區他會變成阻礙，還不如留在船上掌控附近所有系統加以輔助得好。

「在下和你一起去吧。」從轉角走出來，原本要回房的大白兔正好聽見兩個小孩的對話，如此拱手說道：「抱歉，偷聽了兩位談話。」

搖搖頭，一開始探查時就發現兔俠在後面了，琥珀轉回看向他家學長，「既然我們自稱瑞比特，你帶著布偶過去也不會被起疑，小心點就是。」

「那在下也就跟著喬裝一下吧。」說著，大白兔從脖子後面抽出雞皮。

不，你那個根本不叫喬裝。

青鳥已經不知道該從何吐槽起了。

「用兔子的模樣比較有說服力吧，我幫你打扮一下就行了。」倒不覺得應該要換皮，琥珀想了下，說道：「作爲瑞比特的一個象徵，這樣兔子就不用躲藏，且聯盟軍和強盜團也會被混淆，暫時對兔子的身分感到存疑，但要委屈您幫學長打下手了。」

「這倒沒什麼，在下不介意。」

「那就開始吧。」

這樣聽著，青鳥還搞不懂大白兔要怎麼喬裝，又不像人可以換成各種東西，不過在琥珀整頓好之後，他整個恍然大悟了。

與其說是喬裝，還不如說是加穿一些衣服裝飾上去，琥珀請芙西的人幫他在附近買了幾套比較小的服裝，然後快速修改綁束下，直接把兔子變華麗了。

接著琥珀讓青鳥換上比較樸素不顯眼的衣服，還幫他換了更普通的棕色髮色、戴上

帽子，「路上我會告訴你們該注意的事，如果不得已要出手，盡量讓兔子出手。」

「咦？那……」

「聽懂了沒？」琥珀露出冰冷的微笑。

「懂了。」

青鳥一秒把所有話都吞回肚子。

□

「是這邊嗎？」

順著核桃提供的座標路線，青鳥來到昨天的海岸處，然後問著線上的琥珀。

「嗯，附近應該有幾個海上岩石，你們順著那些地方就可以到了。」

「好。」

揹著裝有兔子的大背包，青鳥依照琥珀的指示走過岩壁，果然在海上看到幾個零星的岩石塊。乍看之下像是不連貫，不過他跳上第一顆小石塊後，便發現其實這是一條路徑，順著石塊往前、轉彎，很快就可以到達一座規模比較小的深色島嶼。

「看起來好像是輕度的異變島。」青鳥掃描了下，這裡的污染值很低，只造成島上植物長得有些扭曲，大致上對人體不會產生影響，於是放心地開始探索小島。

才剛走出一小段路，他就警覺注意到有人在後頭跟著自己。

青鳥稍微壓低身體、收斂氣息後，一口氣用最快的速度衝出去，接著在對方還未反應過來之前繞到他後面，直接把人制伏。

「呃……」然後他發現自己制伏的是小孩子，「抱歉抱歉。」

「……這聲音，你是昨天那個邦尼？」

對方鬆開手後，核桃站起身，順勢地拍拍衣褲，「喬裝了啊？」

「必要的保護措施。」青鳥聳聳肩，左右張望了下，「為什麼突然找我們來這裡？」

「我們發現了一些東西，覺得瑞比特應該會有興趣，請跟我來吧。」

青鳥抓抓臉，有點疑惑地看著似乎不慌不忙的核桃，搞不懂如果對方可以這麼悠哉，幹嘛要發警訊，害他以為有什麼事情發生，急著趕過來……

瞬間，周圍再度出現幾個視線感，讓他感覺非常不對勁，而且背包裡的大白兔似乎也察覺到了，隔著背包按了他一下。

青鳥下意識抓緊背包，整個人向後翻開，幾乎在他閃避同時，幾個破風聲打了過來，一張網子直接釘在他剛剛站立之處，緊緊壓上了地。如果青鳥剛剛沒跳開，現在就會被抓個正著。

直接躍上一旁的棕黑色樹木，看著下面的幾個陌生人，青鳥瞇起眼，「你是誰？核桃他們怎麼了？」

站在下方的「核桃」笑了下，形體突然開始變化，接著竟然變成之前他和琥珀遇到、委託任務給他們的少女。

「之前拜託兩位幫忙，沒想到有負我的期望，好失望。」少女露出在青鳥眼中看起來有點虛假的哀傷神色，接著微笑地拿下了手腕儀器，「幸好還有其他好心人肯幫忙。」說著，她指了指旁側樹叢，那裡有個橫躺的男性，看起來似乎暈了過去。

「我們遇到虛仿了。」這樣告訴在另一端的琥珀，青鳥邊打開背包，「她拿了核桃的儀器。」

「你在聯繫夥伴嗎？當心點，我們可有比瑞比特組織更強的『頭腦』，你們這種小孩子玩的把戲根本拿不上檯面，我想現在應該已經找出你夥伴的藏身處了吧，沒拿點眞本事出來眞是笑死人。」也不急著把樹上的人打下來，少女微抬著頭，非常輕視地嘲諷：「這叫作核桃的反抗軍也是因爲這樣被我們找到的喔，沒想到他還緊急發訊給你們啊，看來是擔心你們的資料在裡面會受牽連，幸好我們在儀器銷毀前就奪得了，可見不過就是一般般。」

「核桃人呢？」既然連隨身儀器都被拿到了，青鳥很擔心那個小孩和他的同伴們，完全無視少女剛剛那堆廢話。

「你不擔心你的同夥，反而擔心反抗軍嗎？」少女有點訝異。

「我家琥……我家的加卡如果開口說可以來，倒楣的就會是你們。」而且他家弟弟還在芙西上呢哼哼哼，就算被找到，這票人也不可能通得過護船隊那關，青鳥百分之百不擔心。

「大話不要說太……」

少女的話還未說完，小島上突然一個震盪，接著從四周傳來各種爆裂聲響，幾個站在下方等待攻擊命令的人同時甩動了手，甩出身上爆開的儀器，然後少女也變了臉色，連忙關閉手上的儀器。

但是，儀器就像不受控制似地，竟然自行重新啓動。接著空氣中投射拉出華服少女的影像，如同第七星區那一晚現身在所有人面前般，居高臨下冷冷地望著對方。

「想看我的眞本事嗎？那就做好心理準備。」

接著一名攻擊者匆匆靠近少女，低聲開口：「我們帶來的『頭腦』主機全被破壞了，對方還強制同步我們這邊剩餘的儀器……」

「該死！全部給我中止運作！」

少女怒罵了聲，接著徹底砸爛自己被對方完全控制的儀器。

華服女孩的影像閃爍了下，伴隨著冷笑聲慢慢消失在空氣之中。

帥耶！

他家琥珀好像大魔王！

青鳥很想給他弟弟比個拇指，眞是太像某種東西降臨了！怎麼可以邪惡成這樣！

「與其在想我像魔王，你們不如快點去把核桃或他們的人救出來吧，我剛才下載他們的資料庫，發現他們手上還扣押幾個反抗軍，就在你們附近而已，座標已經傳到你那邊了。」完全可以想像他家學長腦子裡正轉著什麼，遠在另一端的琥珀這樣說道：「就按照剛剛在路上說好的，快辦完快回來，不要跟那些笨蛋糾纏。」

「收到！」

打開大背包，青鳥抄出大白兔往下一扔，「攻擊吧！」

非常配合的大白兔飛去之後，一擊落下技就直接往下面還愣著的敵人臉上揍去，當場把人翻倒在地；攻擊傷害讓對方一時站不起身，整個人癱軟無法動彈。

「你們就陪我的布偶好好玩玩吧！」扮了個鬼臉，青鳥再度揹起背包。

「操縱系的能力者！大家小心！」

點算了下敵人，大白兔一拳撂倒最靠近的成人，接著正式開打。

看著大白兔竟相當配合地變換武術，現在打的招式與之前兔俠使用的古老拳法不太一樣，比較像是快速搏擊，雖然很想留下來看戲，但青鳥還是得忍痛離開去找反抗軍。

「布偶打人好痛啊！」

「快給我抓住本體那個臭小孩！」

丟下身後的哀號怒罵，青鳥一用勁，快速借力在樹上移動，立即把那些人全部甩在大後方。

順著座標前進，他穿過層層變色樹林、鑽過一些岩石，最終到達了一座石砌的建築物前。那是座用大量石頭和廢棄儀器材料拼湊而成的巨大建築，看起來有點詭異，滿像某種奇怪的隱藏組織；周圍環繞著岩壁，沒看見入口，但頂端有幾個疑似窗口的開洞。

青鳥隱藏身影尋找了下，還是沒看見入口，不過外圍有些人在走動，其中還有一、兩個披著棕色斗篷的人。

青鳥皺了下眉，他不想和棕之家再度接觸，看了看，找到位置較隱蔽的窗口後便快速翻了上去。

建築內有些昏暗，但不至於無法辨識方向，一眼望去全都是又長又複雜交錯的走道。青鳥摸摸鼻子，邊看著琥珀新傳來的位置圖，邊小心翼翼地深入了。

前進時還可聽到裡頭有些人在抱怨儀器被反控，試圖對抗竟遭到大量市場歷年售價資料灌爆檔案庫，青鳥完全猜得到他家學弟玩得有多樂，還有那個市場售價到底……？青菜蘿蔔一斤多少嗎？

略過了那帶顯然有「頭腦」聚集的地方，青鳥又走了一段路，聞到淡淡的血腥味。

座標最終目的地是個很像石牢的房間，外面全被奇怪的廢棄機具堵住，從細縫裡可以看見裡面隱約有人影。

想了想，他乾脆直接開口：「……核桃嗎？」

接著，傳來回應——

「渾蛋！傳警訊給你們是要你們小心，跑來幹嘛！」

找到了。

□

「你們還好吧？」

核桃的聲音聽起來好像很虛弱，青鳥左右看了下還是沒有看到可以打開的地方，感覺整個被堵死了，他在機具上爬了兩圈也找不到機關。

「本來就不好了，現在聽到你的聲音連牙齒都開始痛了。」

「糟糕，我身上沒有止痛藥，你先忍一忍吧。」青鳥愣了下，有點擔心。

「……」核桃就這樣沉默了。

最後，青鳥終於在右上角最高處找到條比較大的縫，用力一擠剛好把自己給擠了過去，不過手腳有點擦傷，於是一邊咋著舌一邊跳下，終於順利通過這些奇怪的障礙物。

進到裡面後，血腥味更濃重了，很快地，他發現周圍有數名橫躺著的人，全身傷痕累累顯然經過各種拷打，地面整片都是已經開始凝固的血跡；彎下身一探，大多數人都已經失去氣息了。

繼續摸索，不到幾秒，青鳥就在一個橫板後找到核桃，小小的身體趴在染滿血液的地上，一根六角形的長棍直接貫穿他右後肩插入地面，明顯也被拷打過；周圍有好幾個成人都是類似的狀況，不過身上的棍子更多，直接封死四肢，且大多都已身體冰冷，剩下的兩、三個基本上也已沒有意識，只差一口氣。

他認得這些特殊的長棍，但這些東西不該出現在這裡，也不該插在反抗軍的身上。

青鳥看著長棍有點愣了，然後連忙回過神蹲下來，「我現在幫你們……」

「不用了，這個要有密碼授權才拔得掉……」

核桃正要制止對方時，聽到後面傳來一連串細小的聲響，接著長棍一鬆，整個被抽出來，速度快得他根本來不及呼痛，只覺得傳來一股強烈的劇痛，讓他差點喘不過氣。

從腰包翻出琥珀幫他準備好的傷藥，青鳥往對方肩上的洞一倒，瞬間封住傷口。

「先幫你緊急處理，其他人……」

核桃搖搖頭，讓青鳥扶起來，「你去旁邊等我一下，小孩子不要看太多。」

「什麼？」小孩子？

「去前面等就對了，順便把風。」也不知道爲什麼這小孩解開授權時沒有觸動警報，核桃想想大概是瑞比特組織的「頭腦」有那種能力，所以就沒深思了。

確認核桃可以自己站好後，青鳥就走到廢棄機組旁看著外面，不曉得爲什麼這裡沒有人看守，剛剛一路過來，他們聚集「頭腦」的地方反而比較多人，大概是覺得這裡不需要多費人手？

正想向琥珀確認狀況，青鳥聽見後方傳來很低的說話聲，像是在道歉什麼的。接著，那些殘餘的微弱呼吸聲開始減少，就像被吹熄般，一個接著一個地消失。

他不能做些什麼，只能低著頭，慢慢地等待。

「好了。」

大概過了一點時間，核桃的聲音才從後頭傳來，「你是怎麼進來的？這個機組與剛剛那個東西一樣，都用密碼鎖著。」

青鳥指指上面的縫，比他小隻的核桃又沉默了一下，就跟著他爬過去了。

直到離開建築物後兩人都還沒有被發現，根據另一端琥珀的說法是，那些棍子與機組本來有設定強行摘除就會引發警報，但青鳥並不是強行摘除、也沒有破壞機組入侵，所以警衛並沒有發現。

揹著核桃走了一段路後，遠遠就看見大白兔已經在預先約定好的地點等待了，絲毫無損，吹著海風、服裝衣襬飄飛，看起來還有點英姿颯爽，腳底板也多了一些詭異的紅色痕跡。

看了眼陌生人，大白兔繼續假裝被操縱的布偶，一句話都沒講，就跟著青鳥離開了小島。

就在他們跳上岩石時，小島上警報開始響了。

因爲不方便把反抗軍帶到芙西上，所以琥珀先幫他們預約好了港區一個臨時住處。到達有人的地方後，大白兔直接往地上一倒裝死了，只留下青鳥很悲苦地揹著個小孩子，一手挾著大布偶，邊走邊拖地去小小的旅店報到。

抵達旅店時他有些驚訝，因爲波塞特竟然在接待櫃台邊等他，不過是便裝打扮，還戴了頂帽子，笑嘻嘻地朝他揮手。

「你弟弟說差不多這時間會到，還眞的是，太佩服他的計算能力了。」抱過核桃，波塞特直接給了櫃台一筆小費讓服務人員封口，就拉著青鳥往樓上隱蔽的房間走了。

進到房裡關門上鎖，波塞特就把已經昏過去的小孩往床上一扔，同時大白兔也整隻豎起來。

「現在要怎麼做？」

□

就在房間裡兩人加一兔陷入沉默之際，房門鎖突然傳來幾個聲音。

揮出短刀瞬間，波塞特正好看見刀尖面前出現的是自行破解房鎖密碼走進來的琥珀，模樣與平常稍微有差異。

「你們幾個就在這邊大眼瞪小眼，沒人的腦子裝著先治療傷患這件事嗎？」無視剛剛差點貫穿自己腦袋的短刀，琥珀揮走對方的武器，立即得到整個房間的授權。他先調整了房內有些燥熱的溫度，順便洗掉小店剛剛拍攝到他們模樣的記錄。

「正、正要做。」覺得自己好像有點冒冷汗，波塞特連忙把短刀插回腰後，「我從副船長那邊拿了些藥過來，應該很有效。」

青鳥和大白兔也從剛才的短暫驚愕中回過神，吭都不敢吭，連忙一前一後幫忙脫掉核桃的衣服，替他處理身上嚴重的傷勢。

除了那道棍子的貫穿傷，脫下血跡斑駁的衣物後，核桃身上幾乎布滿一條條刀傷，但並沒有很深，是一道接著一道慢慢地剮劃，青鳥看著全身都痛了起來。先不說虛仿的眞實面目為何，這麼小的身體居然還忍過來了。

雖然腦子不好，但青鳥就算再笨也看得出來棕之家和那個少女應該沒問到想問的事，不然就不會把他們釣出來。

「我下載了對方的資料庫和通訊，只暫時破解指令就先趕過來了，處理好這邊的事情再說吧。」接過藥物，琥珀和波塞特一起包紮那些大大小小的傷口，「等等繼續送他們第二輪驚喜。」

只帶那些基礎的「頭腦」出門，竟然好意思對他放話，敢開口也要具備高層次的能力，連兩分鐘都撐不過實在太上不了檯面了，布蘭希統帥的幕僚可能還比較強一點。

秉持著人家都要狗去咬、當然會放一整籠巨犬咬給他死的精神，琥珀還順便入侵了影像系統，欣賞了那些「頭腦」團團轉的畫面後，就拍了幾張照送給那個少女當紀念。

接下來，他們要收拾一團亂的系統也得耗費時間吧。

他將滿滿的病毒塞進對方系統裡直到系統差點吐出來的程度，除非全部毀掉，不然接上其他儀器或連線馬上就會遭到感染，接著一樣會得到七大星區歷年市場交易售價記錄——自體無限複製灌爆見面禮一份。

讓那些「頭腦」了解一下奶蛋蘿蔔雞鴨魚肉的市場價格變化也不是什麼壞事。

當然，他們眞有能力破解又另當別論了。

不過他下了三層給對方，停止灌爆之後還有兩個附加小禮物就是。

爲了向有種叫他拿眞本事的人致敬，琥珀等手邊程式自主運算結束後要再丟一個新的給他們，剛好一天三餐加宵夜。

「我總覺得惹到琥珀弟弟的人，眞的下場都有點痛。」看著琥珀沒有表情、但莫名給人心情愉快感覺的臉，波塞特大概多少可以猜得到發生了什麼事。

「那就不要惹我。」琥珀也非常同意會痛這點。

「我家琥珀會讓人痛到磕頭認錯。」青鳥也投了同意票。

「他好像醒了。」

打斷了幾人的隨口抬槓，大白兔跳到一旁的櫃子上，瞬間僵化。

青鳥靠了上去，果然看見核桃悠悠轉醒，到這地步都還沒解除能力，看來也是滿厲害的「虛彷」。

「我先迴避一下吧。」畢竟對方是反抗軍，在立場上不但是陌生人也有船員身分的問題，波塞特打了招呼，便退出房外等待。

將混合了止痛藥物的茶水遞給對方喝下，大致上讓他先緩過神後，琥珀才開口：

「你們在這裡有沒有醫療據點？」

「藥師一開始就被殺了。」核桃按著頭，冷著臉說：「他們先襲擊了藥師，才攻擊我們的據點，看來昨天雖然已經避開，但還是被跟上。」

「眞的很對不起。」青鳥感到很愧疚，早知道昨天就不要理那個女的。

「不，跟你們沒關係，我們和那些人已經周旋很久了，昨天八成只是想要轉移和鬆懈我們的注意力，沒發現被攻擊是我們自己的錯。」核桃揮揮手，並不覺得這有什麼好歸咎的，「之前也被襲擊過一次，沒這麼嚴重。」

「荒地有介入嗎？」如果說是棕之家出的手，那麼荒地應該不可能坐視聯盟軍在小島上做這些事。琥珀皺起眉，有點在意。

「外環小島並不屬於荒地的範圍，你們應該也知道，除非像是昨天那樣在島上攻擊，荒地的人才會出手。」

他說的也是事實，琥珀點點頭，就沒再問荒地的事情了。「那麼，你可以說說看爲什麼會遭到這麼嚴重的攻擊嗎？很顯然他們要從你們身上得到些什麼，所以才會用這種方式逼問。瑞比特既然插手，那麼就無法再置身事外了。」

「唉……所以我本來只希望你們注意一下安全，誰知道你們竟然跑來了，眞是麻煩。」讓青鳥扶著坐好，核桃揉著麻木無感的肩膀，「坦白說，現在的確需要你們的幫助了，如果你們馬上就要離島，可不可以將東西一起帶去第六星區？我們在那裡有更隱蔽的據點，請轉交給他們。」

「好啊。」青鳥反射回答了，瞬間被琥珀往後腦搧了一巴掌，「我、我是說，先讓我們請示瑞比特……」

「那是什麼東西？」冷瞪了他家學長一眼，琥珀開口問道。

「其實我們也不太清楚，是從另一個據點轉來的，原本只是路過這裡要轉交到主營，不過到達之後就一直被那些人攻擊，我想應該是非常重要的物品，我們這邊的『頭腦』還沒找到辦法破解，只能說物品本身沒有危險性。」說著，核桃就給琥珀一組座標，「既然是處刑者，那麼我們也相信你們不會私吞那些東西。」

「就像我的同伴所說，我們必須先請示過瑞比特才可以回應你的要求。」頓了頓，琥珀繼續說道：「不過我們可以先去幫你拿回來，你還有其他同伴嗎？」

「島上還有一個沒有被發現的友方，我會請他幫我安排撤離路線。」

點點頭表示知道，接著琥珀就把房間授權輸出到備用儀器上，交給對方當臨時替代品使用，「那麼你先休息吧，這裡目前很安全。」

「謝謝。」

第五話▼▼▼家族到來

離開房間後，琥珀和青鳥立即轉入隔壁套房。

「狀況如何？」早就在裡面喝茶的波塞特看著兩人外加一具被抱著的兔子，笑笑地開口問。

「學長你們再跑一趟吧，我等等幫你換個裝，這次你和波塞特一起出去。」對方已經把大目標放在布偶上了，現在換個樣子比較不容易被起疑。琥珀瞄了芙西船員一眼，「反正他自己要跟來湊熱鬧的，就要有點貢獻。」

「這倒是無所謂，友善的哥哥我就辛勞一點囉。」搓搓琥珀的腦袋，波塞特不意外地接收到凶狠的目光一記。

「沒想到琥珀還是很有正義之心的，答應得好爽快。」雖然熊巴了他一掌，但青鳥有種我家弟弟威武的心開始成長的感動。

「……如果他剛剛沒說謊，那麼反抗軍拿到的是第四星區家族急欲得到的東西，學長你覺得和你沒關係嗎？」冰冷地看著腦殘的矮子，琥珀眞想直接把他拉去撞門板。

「啊！」青鳥突然驚覺好像眞的和自己很有關係。不管是否脫離家族、或棕之家無故對他下手，撇開這些，他還是不太願意看到家族受傷害。畢竟再怎麼說，那都是自己的根源。

「在下認爲他說的是實話。」從青鳥手上跳下，大白兔晃動了耳朵，「雖然部分刻意隱瞞，但基本上並沒有說謊。」謹愼地觀察了那名虛仿的神態，他也認爲大致上都還算正確，可信度相當高。

「他是故意要把我們也捲進去，他肯定知道我們在看到警訊後一定會了解發生什麼事，就賭處刑者不會撒手不管。」那點心思琥珀也看得出來，相信對方自己也心知肚明，「還有，這個核桃的身分，就是這小島分據點的『頭腦』。」

「咦？」青鳥愣了下，「『虛仿』可以當『頭腦』？」

「當『頭腦』和本身具備的能力沒有關係啊。」波塞特很好笑地看著驚愕的小孩，「只要腦子好就可以了，外型就算是魷魚也可以當。」

「那麼多人就他一個傷勢比較輕，表示他是主要問話的對象，所以不能死太快；還有，敵人拿的是他的儀器搶資料，以及剛剛他根本沒有聯繫別人，就立刻決定要讓我們帶走重要物品，這就代表他的地位很高，只是用『虛仿』掩護自己，讓別人第一印象以爲他是普通的探查者。」所以琥珀進門才沒有問他據點的「頭腦」在哪裡，因爲核桃自己就是了。

「原來如此。」青鳥恍然大悟。

「所以讓你們兩個去探探狀況，眞有事情，學長你就把波塞特推出去，自己先逃走。」琥珀很嚴肅地如此教導。

「喂喂，這種話當著本人面前說，會很受傷啊。」要被推的波塞特連忙小小抗議了下。

「對啊，琥珀別這樣，波塞特看起來也跑不快，我會幫忙他逃走啦。」青鳥認眞地回應。

「……我跑很快的。」就算跑不快，他也可以炸了對手就是。正想這樣說，波塞特突然想起青鳥還不知道炎獄這事，就把話吞回去了。「算了，既然還要出去一趟，就不要浪費時間，快點準備吧。」

接過了波塞特先幫他拿來的小箱子，琥珀翻出裡面的衣服和化妝品，開始幫兩人變裝。

很快地，就把青鳥換裝成黑髮樸素衣飾的小女孩，波塞特則是瞬間老了快三十歲。

「琥珀弟弟眞的很有趣耶，看不太出來破綻。」對著鏡子照來照去，波塞特很高興地幫自己錄下了很多影像，打算回去騙海特爾。

「快去快回吧。」

□

再次出去就很順利了。

不知道是否因爲波塞特表現得很融入小島的關係，所以一路上並沒有引起懷疑或遭到阻礙，就這樣順利地讓他們找到核桃提供的座標地點，取回一個封死的木製箱子。

箱子大約一個成人腦袋的大小，使用的木料具有相當厚度，搖不出任何聲音，重量也很可觀，外表看起來有點年代，四周鑲有某種金屬材質的銀色細條，其中一面則刻有一些奇怪的紋路。

「你們覺得這裡面裝什麼？」一路拎著這玩意回來，波塞特邊讓琥珀洗掉僞裝，邊很好奇地看著木箱。

「在下好像看過類似的東西。」大白兔歪著頭，思考了半晌，但無法確切想起在哪邊看過。

「可以打開嗎？」青鳥也很好奇，有點期待地看著他家萬能的弟弟。

「也不是不行，但學長你有把握開了之後，等等在和核桃講話時不會露餡嗎？」琥珀瞇起眼睛，看著他家絕對會露餡的傢伙。

「這個嘛……」

「既然他要我們帶上，那之後再開也可以，先去找核桃吧。」反正之後路程上時間多得是，琥珀倒不急於一時。

取得共識後，大白兔和波塞特就在房裡等待，琥珀與青鳥拿著箱子回到了隔壁。一打開門，直接驚醒了沒有睡得很沉的核桃。

見他們這麼快就取回箱子，核桃露出有點驚訝的表情，不過立時掩飾過去了。

「你們應該沒打開吧？」檢視了下盒子，確認上面的封條都還在，核桃才鬆了口氣。「不是怕你們看，就如同我先前說的，我們也不知道裡面是什麼，這點並沒有騙你們。當初傳送過來時，告訴我們這個盒子被鎖住，強行打開可能會引起莉絲爆炸。我們並沒有拿到密碼和授權，自行做了幾個嘗試也打不開，必須送回主營讓那邊的人破解。」

「所以他們也沒說不能開嗎？」琥珀很隨口地問了句。

「是沒有。」說著說著，反而變成核桃好奇了，他突然想知道是什麼東西讓他的手下遭到剿滅，「難道瑞比特的人打得開？」

「這就不曉得了。」琥珀聳聳肩，答道：「要解除密碼和授權大概得花點時間。」

「嗯……」核桃沉默了。

「那麼，既然東西拿回來了，你就先好好休息吧，有事情可以隨時聯繫我們，我們也住在這附近。」

「好的。」

退出房間後，他們再度回到另一邊。

一進房間，正好看到波塞特在整理衣飾，「你們也一起回去吧，隊長剛剛發了訊息，說有人要找青鳥小弟，還出示身分說是第四星區的。」

「咦！」

青鳥看了琥珀一眼，完全錯愕，沒想到竟然直接找上門了。

讓大白兔爬進背包後，波塞特一把揹起，「總之先回去吧，反正在芙西上，不至於會被殺啦。另外我請幾個在附近的船員幫忙留意這邊，如果出現問題也會盡量協助，那個虛仿暫時還算安全。」

「你想得還眞周到啊。」琥珀斜了對方一眼。

「現在有沒有看見我的優點了，所以幫忙組個超級系統啦，好男人很難找了，應該要給獎勵。」波塞特相當不要臉地討賞。

琥珀直接賞對方一個肘擊。

很快地，他們回到芙西上。

早已在船上等待他們的隊長沒有詢問什麼，就讓波塞特帶著兩個小的去了會議室。原本青鳥以爲對方可能是昨天的棕之家，所以在進入前先做好了心理準備，不過門一打開，看見的人卻讓他意外驚訝。

端坐在那邊的是個看起來相當精明的女性，長髮一絲不苟地在腦後盤起，身上的服裝也給人非常簡潔幹練的印象，左胸口的白色衣料上有枚金色的刺繡紋飾。

一見青鳥走進來，女性立刻站起身，突然朝著人行了個大禮，「願光神護佑神之家族，我是金之家，唐梅．瑟列格。」

被對方嚇了一跳，青鳥立刻衝過去關起門，「不要突然行禮啊！爲什麼金之家的人會跑來這邊！」那個標誌與制服直接顯示對方是隸屬金之家，還是身分不低的象徵……這兩天是怎麼回事，先一個棕之家跑來砍他，現在又一個金之家冒出來。

個頭有點嬌小的女性看著對方的動作，然後先向波塞特與琥珀致意，才轉回開口：「我原本的航程是要前往第七星區檢視家族收益的受損程度，但是臨時收到訊息，說閣下在這裡遇到家族的攻擊，所以繞道來了解狀況，以及轉交訊息給您。」說著，就拿出一顆圓石遞給青鳥，「這是由白之家傳遞來的，請務必妥善回應。」

「……」青鳥默默收下石頭，估計等等打開後大概又免不了要聽一頓罵。

「那麼可以詳述與棕之家起衝突的原因嗎？」用著公事公辦的態度繼續說著，女性順勢打開了手腕儀器做記錄：「棕之家的理由、行動與任務，衝突時是否還有其他人在場？」

「呃……」青鳥一時錯愕，對方的語氣實在有點強勢，非得要問個清楚明白，讓他不知該怎麼回答。

「關於這件事情，青鳥．瑟列格會自己向白之家匯報。」打斷了女性強硬的問語，琥珀揪回他家學長，「白之家的人不須詳細向其他家族報告。」

「請不要插手第四星區的行政事務，沙里恩閣下。」也很不客氣地回應對方，女性將視線轉回青鳥臉上。

「琥珀說得沒錯，我沒有必要向金之家的人報告任何事情。關於棕之家與所有發生的事，我會自行回報。」而且他都已經和家族脫離關係了，幹嘛眞的要向他們報告啊。青鳥在心裡扮了個鬼臉，附帶說明：「還有，琥珀是我認的弟弟，就算是金之家的使者也不能對他沒禮貌，否則我會依照白之家的規則執行懲處。」

「……屬下明白了。」唐梅頓了下，收起儀器，「那麼，我們會在島上進行必要的查詢，之後就會繼續前往第七星區，也請您在旅途中務必要小心。現在第四星區家族檯面下也有些鬥爭，傳聞棕之家想推翻白之家掌握家族，如果此次攻擊屬實，那麼您也相當不安全，請謹愼留意，有任何需要幫助的地方也務必要通知我們。」

聽完慣例對話後，青鳥點點頭表示明白了。

「去忙你們自己的任務吧。」

□

金之家的使者離開後，波塞特與兩個小的回房間，才把兔子給掏出來。

「金之家的人情報眞快，昨天才發生事情，今天就來了。」波塞特嘖嘖說道。

「因爲經營商業的關係，金之家的情報管道多，聽說也和許多情報商往來，檯面下不為人知的手段也不少。」撥弄著手上的珠子，青鳥一屁股坐到床鋪上，「不過我還真是第一次與他們照面耶，以前在家族裡見到最多的就是白之家的人了，再來就是橙之家，他們也負責保護神廟，所以我還認識好幾位長老呢。」

「我記得和你來的那位瑞蒂夫人也是橙之家的人。」因為被青鳥纏上的關係，所以琥珀多少也聽過些保母的事，這傢伙一旦信任別人之後，是很沒有戒心的。

離開白之家前往第六星區時，負責保衛的橙色家族派遣了護衛保母跟著過來，負責保護青鳥的安全以及打理日常生活。

「瑞蒂媽媽以前是白之家的人，後來與橙之家的人結婚便卸下身分，歸入橙家。不過她的丈夫在婚後三年因駐紮時被反宗教組織偷襲，來不及等到救治便死亡了，所以瑞蒂媽媽就和我一起到第六星區，之後就遇到強盜……」一想起港區事件，青鳥就有點鬱悶。除了他弟弟，瑞蒂媽媽大概是世界上對自己最好的人，雖然說有著保護他的任務，但幾乎將自己當作親生兒子一樣疼愛教養，連他幹了蠢事、要修理時，也不會因為身分而稍有留情。

「願神領導眾人所愛者渡過漫長星河，回歸母星，得到永恆安寧。」靜靜地聽著，大白兔低頭做了祝禱。

「總之，明天就要啓航了，回到第六星區後應該暫時比較安全。」芙西在小島上的維修與各種交辦也差不多處理完畢，波塞特數算著時間，再過不久他們就可以回家，然後他也可以再次見到佩特他們。

「那我就先準備吧，還有一堆東西要破解……晚點也得再去核桃那邊一趟。」手邊還要處理那些棕之家的資料庫，琥珀就不陪他們繼續浪費時間了。「沒事就不要在這裡打擾我工作。」

「大俠大俠，我們出去過招！」既然有時間，青鳥就拉著大白兔，興致勃勃地提議：「護船隊教了超多的，來試試！」他看大白兔一天到晚在房裡打坐感覺也很悶，出去交流交流也好。

想想也不錯，大白兔就跟著出去了。

「看來我也只好先回去工作了，偷懶太久會被其他人揍，有事情再找我囉。」琥珀解密大概也需要一段時間，波塞特很有自知之明地跟著往外退。

「等等，你……」

幾分鐘退出房間後，波塞特看著手上的字句。

「你在看什麼？」

沒走幾步路，就看見帕恩迎面過來。

「沒事，找我嗎？」收起字句，波塞特笑笑地回問。

「隊長要你別再下船了，青鳥他們碰到追殺反抗軍的那批人，扣掉棕之家的那幾個，我們發現其中有些人隸屬『烏爾』的傭兵團，你別和他們碰面了。」特地來轉告這件事的帕恩有點憂心，「當時好不容易才瞞混過去，如果被發現你在這邊，可能不會像之前那麼簡單。」

「放心啦，我知道怎麼應付他們。」雖然有點意外，不過波塞特覺得自己也沒有幾年前那麼笨了，當然不可能像之前一樣傻傻被追著跑。

「多一事不如少一事。」雖然清楚友人現在的實力已不同以往，但帕恩比較介意在外所受到的侵擾。芙西完全有能力保護船上全員安全，可是下了船後，就無法個別隨時追蹤協助，他不希望友人再遭到騷擾。

「嗯……我會小心。」波塞特想了想，點點頭，他也不想給海特爾和佩特帶來危險，「不過我記得『烏爾』以前不和聯盟軍合作，怎麼會與第四星區的湊一起了？」

「這就不清楚了，可能是你當年炸了他們分部有影響吧？」帕恩想了想，開口：

「等到了第六星區後，我再問問情報，先前去探查的人應該也回來了。」

「謝啦。」

「要問什麼？」

轉過頭，波塞特與帕恩看著突然冒出來的第三者。

「歐斯克達不知道『烏爾』的事嗎？」微笑地看著後方跟上來的友人，帕恩問道。

「知道，船長不是下令不准波塞特再和他們接觸了嗎？」歐斯克達瞇起眼睛，語氣有點不善地開口：「違反了？」

「當然沒有，帕恩只是告訴我島上有『烏爾』的人，要我避開。」連忙否認，波塞特嘖了聲：「誰知道他們會在這種地方。」

「『烏爾』這兩年擴大活動，似乎也接觸了荒地之風和蒼龍谷，本來這趟航行要一起確認這件事的眞僞，不過看來得延後。」歐斯克達頓了下，先警告對方：「反正事情我們會處理好，你就乖乖地當船員，不要再製造問題了。」

「從頭到尾都不是我的問題好嗎！」他才是受害者吧！一想起這事情，波塞特就很憤慨。

事情發生在幾年前，約莫在他經過訓練、終於可以成爲正式護船隊員後發生的事……沒錯，他原本是要成為護船隊隊員，而不是船員。

雖是同期進入芙西接受訓練，但帕恩早早就通過各式各樣的考驗提早上船了，還在船上與很多厲害的人比試過，像伊卡提安他們，在同期中是非常有名的普通人。

接著，他好不容易也熬過試驗、終於拿到護船隊的大衣後，才穿沒多久，就在一座小島上遇到了「烏爾」。那是自由行者中不正不邪的傭兵團，與荒地之風的自治區有些差異，專接一些危險、但賞金很多的差事做。

波塞特對這支傭兵團的印象和了解也大概就是這樣，畢竟自由行者組成的傭兵團不少，「烏爾」是在大戰後才成立的，名氣自然不算高，但偏偏讓他撞上了人家的任務。當時波塞特還算年輕，沒什麼處理這方面事情的經驗，雖然在芙西的課程上曾學過，不過課堂教材總是比不過實戰應變；衝突發生後他直接與對方動手開打，打著打著不小心認眞了起來，一個沒注意便用了能力炸了人家的分部，一口氣得罪好多人，也搞不懂為什麼「烏爾」就追著他到處跑，搞得他莫名其妙。

後來是船長出面處理了這件事，正常來說應該要就此平息了，就算不看在船長的面子，也會看在芙西和背後集團的面子上就此罷手。但「烏爾」並沒有，不死心地繼續堅持追，搞到後來船長和隊長也感到有點棘手；加上波塞特擁有的特殊能力太過招搖，乾脆就把他撤藏進船員中，銷毀並重新編造了他的身分，讓芙西高層幹部之外的人查詢不到，連儀器通訊也一併更改，才稍微斷絕了「烏爾」的搜索和緊咬不放。也幸好他當時跟人打起來時用的是假名，「烏爾」也沒見到他的全臉，只大概知道是怎樣的人和對方的護船隊身分，必須一個個過濾找才行。

因爲擔心佩特和海特爾知道這件事又會拿來當藉口強迫他下船，所以波塞特就乾脆沒告訴他們，對事情來龍去脈清楚的也就管理階級，以及交情較好的帕恩、歐斯克達幾個人了。

整體來說，波塞特還是覺得自己很倒楣。

爲了躲「烏爾」，他幾乎都留在船上，靠岸了也很少跑太遠，只在港口一帶晃。

「反正，別再讓那些人有機可趁，如果再造成隊長的麻煩，我不會原諒你。」交代完，歐斯克達便快步離開，繼續去忙自己的事情。

「嘖嘖，眞是的，早知道剛剛乾脆問一下琥珀弟弟可不可以幫我查看看『烏爾』，抓到把柄的話搞不好就可以解脫了。」波塞特有點遺憾。

「如果眞的這樣就好了。」笑笑地回應著，帕恩拍拍友人的肩膀以示安慰。

正想轉換心情聊聊別的事情時，波塞特突然發現手腕儀器傳來一連串接收資料的訊息；打開後就發現自己的儀器被灌了一大堆檔案，還分類得很仔細，看清文件標題後他都不知道該哭還是該笑了。

「怎麼了？」看著對方神情變化不定的臉，帕恩疑惑地開口。

「……只是內心一時有點複雜。」

「啊？」帕恩愣住。

「不，我突然有點感覺到敵人受創的心，以及青鳥弟弟無論如何都要佔據琥珀的心了……眞的不能幫我組一個嗎？琥珀弟弟？」看著載滿「烏爾」情報的手腕儀器，波塞特開始考慮以後講悄悄話都不要在儀器前面說了，無孔不入好可怕啊……他竟然可以找得到「烏爾」近兩年的帳目活動資料，雖然上面有附註是從哪個聯盟軍系統下載的，但從聯盟軍下載這點某方面來說好像更恐怖，「爲了報答你，我也可以幫你要一份全船簽名喔？」

接著，他的儀器被強制關機，帕地一聲自動再見。

「……對不起我錯了，請原諒我。」

□

當晚，琥珀和青鳥從核桃那邊取得盒子，也確認核桃讓自己人安全接走後，芙西就開始封船準備出發了。

就在眾人各懷心思的情況下，芙西筆直往第六星區前進。

剩下的短暫航行期間，他們陸續聽見第七星區的消息，多半是聯盟軍掃蕩不少「反抗軍」的基地或藏身點，也有一些是關於兔俠、瑞比特與曼賽羅恩協助被攻擊的一般百姓到安全地方，或是抵禦強盜團的新聞。

檯面上是這樣的消息，但檯面下大家心知肚明。

接著，陸地慢慢靠近了。

「你們先來佩特的店休息吧。」

到達第六星區港口後，波塞特拎著大白兔和他們一起下船，「我可以離開兩天再回去報到，先去看看海特爾在搞什麼鬼。」竟然給他發那種莫名其妙的通訊。

「學長你和兔子先過去吧，我得去店裡一趟。」看著熟悉的港口，琥珀呼了口氣也稍微放鬆了，然後將核桃託付的東西交給青鳥，「這個你們先看管著。」

「咦？我……」

「不用了，店面就在附近而已，我處理好就會過去和你們會合。」打斷對方還沒說出口的話，琥珀看了眼波塞特，「之前說過的事情，我會盡快找時間和地點通知你。」

波塞特知道他在說哪件，於是點點頭。

「你們在說什麼祕密啊？」青鳥看著自家弟弟和別人在打暗號，突然不滿。

「小孩子聽多會長不高啦。」壓著小的腦袋往旁邊轉，波塞特和琥珀打了招呼，讓他先去坐人力車了，接著才揪著青鳥往佩特店家的方向走。

「你這樣常常壓才會長不高啦！」

邊吵鬧著，他們也越來越靠近鬧區了。

雖然離開第六星區的時間不長，不過重新踏上後，青鳥突然覺得有點懷念，那時和黑梭他們急急忙忙跑出來的事似乎已經過了很久，當時的港區與現在的又有些不同……不對，好像眞的有點不同。

青鳥張望了下，突然發現港區氣氛似乎有點緊張，雖然出門時因爲飛行器的關係也很緊張，但基本上還算自然，現在卻整個緊繃，雖然如常生活著，人們的表情卻有點微妙的變化。

「巡軍變多了。」同樣注意到周圍的不自然氣氛，不過因爲在芙西上已大致取得靠岸處的最新情報，所以波塞特多少知道原因。

「沒事吧……」青鳥又開始擔心起其他人了。

很快地，他們走到了佩特的店。

與啓航前一樣，那家小店依舊佇立在原處，客人仍是不少，店面乾淨整潔，還聽得見許多不同船員的吆喝聲。

「走這邊。」波塞特拉著青鳥繞開了大門，走進旁側的小巷，從店家後門鑽進去。

進門後是一片頗大的後院，光看店面，青鳥想不到後院這麼廣，周圍種植了些綠色的香草類植物，有種說不出來的淡淡香氣；較靠近建築處則堆了些空酒桶，也散出陣陣酒味，形成了一種奇妙但卻不突兀的氛圍。

很快青鳥就看到上次和波塞特打架的那個店員了。

「啊！」

正在剪香草的海特爾一看見踏入的人立刻跳起，他手上的玻璃盆也跟著震動了下，掉出了好幾根青綠色枝葉。

「噹噹！我回來了！」波塞特挾著兔子扠腰。

接著青鳥看見剪刀飛過來。

「噹什麼噹！爲什麼回來不先說一聲！」放下手上的香料，海特爾一整個暴怒。他眞沒想到在大家如此擔心的時候，這傢伙竟然還用這種很輕鬆的方式突然冒出來。

「有、有什麼好生氣的，航程提早啊。」波塞特接住了剪刀，也大聲回去，「你那個受傷到底是怎麼回事啊！爲什麼好端端地會傳訊息來說受傷！」

「早就好了，藥師治療過了。」海特爾冷哼了聲，拿起剛才整理的香草，「懶得跟你吵，今天很忙……哪來的小孩？」越過他家的渾蛋兄弟，他突然發現有個眼熟的外人站在後門處，一臉驚恐地看著他們。

「啊，你忘記了嗎？上次我回來時在外面看著的那個小孩啊。」把青鳥拎過來，波塞特很認眞地爲自家兄弟介紹：「這是青鳥，很小隻。」

「這是啥介紹啊喂！」從波塞特的爪子下掙扎出來，青鳥連忙抗議。

湊近盯了半晌，海特爾拍下掌，「原來是那個小弟弟啊，你們認識了？」

「對啊，青鳥是乘客，等等還會過來一個他弟弟琥珀，也是個漂亮的小朋友。晚一點如果沒意外，我會送他們回家一趟。」波塞特勾出微笑，看了眼手邊的兔子，說道。

「你住在哪邊？」低頭看著一旁的青鳥，海特爾這樣說道：「第六星區最近出現了一些污染者，不太安全，你們回來應該也發現巡軍變多了，如果要回去的話要特別小心，聽說也有些盜匪趁這時候在比較偏僻的區域四處打劫。」

「有發現，你受傷該不會是因爲……」

「和那個倒是沒關係。」稍微向波塞特說明了下當時狀況，海特爾笑了下，「只是被誤傷，並不嚴重。」

「……你這傢伙，以後別人尋仇不要靠那麼近啦！」看他哥竟然還一臉輕鬆地打哈哈，波塞特就一肚子火起，「遲鈍個半死還不會跑，你是要害我在船上被嚇死嗎！」

「如果怕被嚇死就不要亂跑啊——」

「呃……」

看著兩兄弟又像之前剛見面時一樣暴吵了起來，青鳥傻眼，不過再望向被挾在對方手上的大白兔，他突然有點慶幸自己還腳踏實地，可以一路往後退退退退，離波塞特他們遠一點。

接著就和上次一樣，聽見吵鬧聲出來的佩特雖然有點意外看見了波塞特，不過還是給兩兄弟一頓好吼，然後把海特爾轟去做其他工作，再把波塞特修理一頓，最後才看見快要往外逃的青鳥。

幫佩特稍微介紹了下，她就像上次一樣，爲他們準備了位置很好的獨立座位與很多好吃飯菜，然後吩咐了店員幫他們準備動力車。

稍晚，琥珀也過來了。

□

離開佩特的店是晚上的事了。

趕在宵禁前，波塞特帶著幾個小孩、啓動了動力車，很快就離開港區了。

「感覺好久沒回來第六星區了。」設定爲自動駕駛後，波塞特把車內座位打平，舒服地在上面打滾。

「是啊，雖然才出去一陣子，感覺好像過了很久。」看著周遭熟悉的景色，青鳥打開了學校系統。離開第六星區後就沒有查看學校公告，現在一連結，出現了很多後續處理事宜，包括學校依舊繼續清查著學生們目前的狀況，很意外地，盧林竟然有幫他和琥珀做登記，「盧林他是我們和學校的聯繫人耶。」

因爲學生四散不好找尋，雖然有系統連結，但有一部分學生乾脆不回應學校，因此仍設定一些緊急聯絡系統與聯繫人，他和琥珀的聯繫人就登記在盧林名下。也不曉得是不是因爲對方當初自行逃走所以有所愧疚……？

「嗯，回家之後我們再通知他現在很平安。」趴在柔軟的墊子上，琥珀打了哈欠，稍微看過公告後有點打起瞌睡。

調暗了車內光線，波塞特也仰躺著閱讀軍方公告。

公告大多是最近星區內有些能力者在做怪，所以入夜後實施宵禁，一般居民不可到處遊蕩，以及看見怪異行爲的人要就近通報軍方之類的。

不須特別休息，大白兔乾脆在一旁打坐起來。

天空完全變黑、星子散落滿天後，動力車終於穿過了蜿蜒的山路，重新回到沙里恩位處偏僻的房屋前。

大白兔搖醒睡著的三人、正想打開車門接近黑暗中的房屋時，突然察覺到一絲非常細微的異樣感，於是整個僵住。

「附近有其他人。」制止兩個小的下車的動作，波塞特抄起兔子往後拋，「你們小心點。」

波塞特輕輕打開車門、瞇起眼，冰涼的空氣中的確有些不太對勁的味道，帶著與樹

林不同的淡淡詭異氣味，各自藏匿在不容易被發現的隱蔽處。地面上和屋子四周也有不少腳印，雖然來者很小心，但還是弄斷了不少樹枝。

他放輕了腳步，直接走向大門，佯裝返家正要開門的樣子。

就在那瞬間，某種高速俯衝而來的聲響直接逼近他。料到會有這種攻擊，波塞特冷笑了聲，彎起手，直接側身朝對方腹部一個肘擊，接著才看清楚衝過來的是個夜魅，但非聯盟軍打扮，而是穿著幾乎把所有肌膚都包裹住的衣服，隱約看見了露出來的眼周部分有怪異的硬皮結痂，連大片翅膀都有點扭曲變形。

污染者嗎？

在對方出手前，波塞特直接擊昏對方，接著往左側甩去，正好制止另一名敵人的攻擊。餘光瞥去，果然看見有幾名差不多穿著打扮的人去攻擊動力車，不過車內的小孩們快了一步啓動防禦系統，帶開了風的機組防壁，應該還不用太擔心，佩特對車子的改造可不輸給聯盟軍。

「你們知道攻擊沙里恩家會有什麼下場嗎？」雖然不知道對方的來路，但守在這裡肯定知道是琥珀他家，波塞特一邊擋住下一個攻擊，一邊乾脆試著發問了。

「……」

看來是不會開口的那種壞人。

這樣就不用浪費太多時間了。確認眼前狀況後，波塞特立刻採取行動，一翻手直接按住對方的肩膀，灌入炎氣從內爆開敵手幾根骨頭，不要對方的命，只做到讓他無法動彈的地步，這是自己很擅長的小手段。

差不多擺平四、五個污染者後，一回頭，就看見車邊的幾個也被打扁了，大白兔正站在地上拍著自己白色的身體。

「應該就是這些了。」波塞特環顧了下，沒再感覺到其他敵意，於是先回車上找了繩子把幾個不明傢伙捆了，確認周遭安全後才讓兩個小的下車。

「大俠出手好帥啊！」青鳥蹦出車子，雙眼放光地看著剛才招招給予對方重擊的大白兔，「剛才那幾招可以教我嗎！」

「不過就是幾個應對，如果你有興趣，明天我們可以切磋……」

聽著兩人的對話，琥珀冷眼看了下被波塞特塞進車裡關好的陌生人，就打開了屋內系統，逕自開門回家了。

「有掉東西嗎？」波塞特跟在一旁，看著外觀似乎不怎麼保險的屋子。

「看來是沒有。」離家時他開啓了新的防護程式，爲了防止像上次強盜團那樣的事情，他也把這裡和聯盟軍的警報系統連結了，硬闖就會啓動很驚天動地的東西。不過看來這些人可能有得到命令，並沒有眞的闖到裡面來。

屋內被點亮後，果然印證了琥珀的想法，沒有絲毫被入侵的跡象，乾淨得就像他們離開當天。

「嗚啊～終於回來了！」

衝進房屋裡，青鳥覺得一陣感動。

終於回家了！

第六話▼▼▼難言

休息了一晚，翌日清早，青鳥起床便聞到了濃濃的香氣。

聞著似乎是烤麵包和濃湯的味道，本來以爲是琥珀在打理早餐，沒想到一下樓就讓他大吃一驚。正在端盤子的居然是波塞特，而且還有模有樣地弄出了好大一桌東西，看起來都很精緻，讓他瞬間肚子咕咕叫了起來。

「你那什麼表情啊，好歹我也是佩特養大的，從小沒少幫忙招呼過店裡客人啊。」往青鳥額頭拍下去，波塞特一邊甩著圍裙，一邊把剛榨好的果汁也裝進壺裡，「琥珀弟弟和兔子在外面，你可以去叫他們進來吃飯了。」

「咦？昨天抓的那群人不是還塞在車子裡面嗎？」因爲大家都很累，所以懶得處理那堆人，就直接封車了，但也不見得完全沒威脅性啊。

「那些污染者的話，昨天你們都睡了之後，我跑了一趟，已經把他們倒進山下的商店街，應該馬上就被聯盟軍收走了。」因爲也問不出個所以然，波塞特乾脆趁著月黑風高把人丟了，還特地挑了個比較好的地方扔，保證很快就被發現。而佩特的車子有登記芙西船員家屬的身分，所以聯盟軍頂多以爲是船員被攻擊，不會特地找他麻煩。

「結果還是不知道身分嗎？」青鳥從桌上拿了幾片剛出爐的麵包，問道。

「是啊，身上完全沒有可辨識的儀器也沒有其他攜帶物，武器都是平常可以買到的，布料也不特別，是非常廉價的低等衣料。不過從可以控制污染而且還能活動來看，恐怕來路不小。」把人丟掉前，波塞特也檢查過了，並沒有找出有用的東西。

「這樣喔……」看來好像暫時沒有危險。青鳥聳聳肩，塞了滿嘴香噴噴的麵包之後就往外跑。

山邊清晨的空氣非常清新，加上又是在樹林裡，一踏出屋子，微濕潤的草葉香氣順著清風吹拂過來，青鳥整個神清氣爽了起來。

沒走多遠，他就看見琥珀坐在附近的樹下讀著手上儀器顯示的文字，大白兔也在附近一帶虎虎生風打著拳，看起來很有某種大師的風範。

「張嘴。」笑嘻嘻地把摸出來的麵包塞給他弟，青鳥在一邊坐下，「在看什麼？」

「聯盟軍的機密資料。」還眞有點餓，琥珀慢慢咬著麵包，稍微有點意外波塞特剛剛炫耀自己廚藝不是炫耀假的。

「……」原本以爲對方在看什麼優良的晨間讀物，青鳥一時有點無言。

「看到有點意外的情報，關於第四星區的。」因爲有些在意小島上的攻擊和金之家的話，所以琥珀特別搜尋了相關通訊，「看來第四星區似乎也不是很安穩，有情報指出某些家族底下的人似乎想要叛變，脫離神之家族的統治。」

「唔，這從以前開始一直都有，我記得有些被其他星區的聯盟軍吸收，所以橙家和黑家的人經常合作捕捉間諜。」倒也不是什麼新鮮事，雖說每個人都想在新世界活下來，但只要牽扯到與「權」相關的事，總免不了這麼一環，更別提之前的戰爭。雖然現在因爲莉絲的關係，讓七大星區看起來合作緊密，不過檯面下還是想要找機會扳倒其他政權吧。青鳥嘆了口氣，這些事不管是在母星、抑或是新世界，都不曾改變過。

爲什麼人類總是不能活得簡單輕鬆一點？

「不曉得這和攻擊有沒有關係……學長你要回第四星區看看嗎？」雖然這樣問，但其實這趟行程肯定避免不了。琥珀自己心裡也有數，雖然青鳥毅然決然地放棄自己的身分，不過「那個人」不一定會放手。

「該走的時候，還是得走了吧。」青鳥抓抓臉、低下頭，很不想面對事實。

「兩位要前往第四星區嗎？」打完一小套拳後，大白兔走了過來。

「嗯，處理一下學長的事。」琥珀想了想，繼續說道：「還得另外走一趟，幫核桃把東西傳遞出去。」說到這裡，他們似乎還得和小茆打個招呼，昨天到家之後太累了，倒下就睡，除了波塞特意外地做了些事情外，他們都累到沒和認識的人先聯繫。

「也是，受人之託忠人之事，在下也與你們一起比較安全。」大白兔點點頭，兩條耳朵晃了下，「在下想先與黑梭取得聯繫。」

「嗯，等等我幫你做遠端連線，用黑森林的管道應該不難……」

琥珀站起身，與大白兔往屋子方向走回，一邊討論著待會兒要做的各項事宜。

青鳥用力拉拉筋骨，也不急著回去，翻身一跳，按著樹枝直接翻到樹頂，環顧著鬱綠的山邊樹景。

正想跑一圈練習下歐斯克達他們教的招數時，青鳥突然瞄到一絲細煙從山腳邊下飄出，看起來不太明顯；打算仔細確認時，那位置就傳來了爆裂聲，但聲音不大，好像是什麼被擊碎的感覺。

……該不會是昨天那些污染者又跑回來了吧？

不太確定是否如此，估算了下，青鳥打算先過去看看，再視情況看要怎麼處理。

所以他發了短訊給琥珀後，抓著樹枝一晃身體，直接把自己晃下山了。

□

花了點時間滾下山，本來打算遠遠瞄幾眼，不過很快地，青鳥整個人驚嚇了。

爆裂聲來自一架不知從哪冒出來的舊型機組，不過與先前攻擊第七星區的稍微有些差異。這架看起來有點像螃蟹的東西，兩側有著好幾隻巨大鉗子，體型也比較小一些，大概是半部車輛的大小，此刻整隻壓在正要進山的動力車上，車子雖然開了防禦系統，但仍被壓毀了半個車頭，那些鉗子試圖破壞防禦與車體，爆裂聲就是這麼來的。

不過嚇到青鳥的是車上的乘客竟然是昨天才見過面的海特爾。

「琥珀——」

「我在傳新的破壞程式給你，你先用舊的震盪看看。」另一端同步上儀器的琥珀馬上知道發生了什麼事，正在盡快入侵不明機組。

青鳥轉動手上的儀器，拉出之前對付機組用的破壞程式，接著急速翻高身體，跳上那架機組的背上，直接貫穿已經破爛的人工纖維，震盪核心。

機組的確震動了下，但並沒有被震垮，原本紫色的光昏暗了兩秒後突然轉成橘光，一堆鉗子直朝青鳥掃去。

青鳥急速避開攻擊，借力在幾根瘋狂亂轉的鉗子上跳躍了幾次，進行二度震盪，但效果仍不佳，顯然這架螃蟹機組的架構比第七星區那些好很多，肯定有比較好的防護系統。

海特爾抓緊螃蟹短暫分心的空隙，在車子整台被掀倒撕裂前跳出了車外，摔進了一旁的草叢裡，滾了幾圈後，翻正身體抬起手，「快躲開！」

青鳥一側身，險險閃過一根鉗子，跳上了旁邊被掃倒一半的大樹，嗖地一聲某種東西從海特爾的手上噴出來，罩上了大螃蟹，銀藍色光芒拉出的網子將裡面的機組收緊。

「這可能沒什麼用，快點離開這邊。」撐起身體，海特爾踉蹌了下。

「快走。」見苗頭不對，來不及問清緣由，青鳥用力揹起比自己還高的青年，踹地借力彈出很遠。

果然，下一秒螃蟹就衝破了光網，劈里啪啦的聲音不斷炸開，引起了一絲細微的毒霧。

青鳥打算先甩掉這隻螃蟹，選擇了另一條山路、想保護著人撤離時，不速之客突然攔住他們——約莫四、五個和昨天打扮差不多的陌生人，不過不是同一批。

「學長，波塞特和兔子已經趕過去了。」

手腕上的儀器傳來琥珀的聲音，青鳥點了下頭，估算時間可能還要再撐一會兒，他必須先保護好海特爾才行。

雖然這樣想，但大螃蟹已完全甩開網子，往這邊衝過來了。

「趴下。」

冷淡的聲音隨風傳來，不知道爲什麼，青鳥立刻遵照對方的吩咐，抱著海特爾一起趴到地上。

接著是某種銳利的聲音刮過了風，直接射翻機組，不用看，他們也可以聽見很巨大的翻倒聲響。

青鳥微微偏過頭，正好看見一道黑影掃過自己身側，從機組核心中抽起了長刀。還未分辨出對方到底是誰，另一邊的攻擊者們也各自發出不一的悶哼聲，在他連忙爬起看清楚時，正好看見穿著聯盟軍服裝、讓他覺得超級不妙的灰髮青年將所有攻擊者擊倒的畫面。

回首想再看看那個黑影，人卻已經消失不見。

青鳥扶著海特爾站起身，驚恐地看著已把攻擊者處理掉、還一邊通報聯盟軍來收，一邊朝他們走過來的沙維斯。

他完全沒想到會在這裡碰到這個聯盟軍啊啊啊啊——

看著那柄亮晃晃的長刀，青鳥無比害怕下秒被砍。

「好巧，又被您救了。」搭著小孩的肩膀，海特爾倒是沒有青鳥那麼恐懼，很自然地直接向聯盟軍打招呼，同時也感覺到手邊的人愣了愣。

沙維斯冷冷看了眼青鳥，接著視線往下，盯著海特爾受傷的腳看。

「等等我讓琥珀幫你治療，先休息一下。」戰戰兢兢地扶著人往旁邊的樹走，青鳥讓對方坐好後，先脫下外套做緊急處理。

「怎麼回事？」看著翻倒失去動力的機組，沙維斯對剛剛出手的另外一人大約心裡有底，也不急著去追，就站在旁邊看著。

「嗯……我也不太清楚，佩特擔心我們幾個朋友回這種偏僻地方會缺點什麼，小波又神經大條不太會注意小地方，所以早上要我跑一趟送些吃的過來，不知道爲什麼那個東西就突然冒出來攻擊，眞是奇怪。」自己也被攻擊得莫名其妙，海特爾聳聳肩，一臉無辜。沒想到自己最近居然接二連三捲入奇怪的事情裡，眞不知道是什麼原因。

沙維斯沉默了幾秒，抬頭看了看山路，然後開口：「我送你上去。」

「啊，這個……」青鳥正想反駁，但殺人目光掃來，他一整個又抖，「那個……」到底有沒有被認出來啊！這太危險了！就算沒被認出來，也不能帶聯盟軍去琥珀家啊！

肯定會出各種事情的——

而且，海特爾被攻擊搞不好也和他們有關係，說不定這票人是打算今天下山時堵他們，不小心認錯人而已，如果讓聯盟軍察覺到這裡面的關聯，就各種糟糕了！

「不用麻煩了，我和我弟的朋友一起上去就可以了，雖然個子很小，但也很厲害。」雖然不太清楚波塞特他們在搞什麼，不過海特爾也看得出來青鳥似乎有點顧忌，就順著青鳥的意思婉拒，「倒是您為什麼會出現在這裡？」

「聯盟軍昨天深夜接獲通報，指出附近的商街出現了一些污染者，處置後稍微在附近搜尋，正好碰上。」沙維斯想了想，這樣告訴對方。

青鳥瞪大眼，疑惑地看著不知為何話變得比較多的聯盟軍，他還以為這個帥哥是多講兩個字會死那種類型，沒想到還講滿多的。

「這樣啊……辛苦了。」

正想回應青年的話，沙維斯突然瞇起眼睛，一轉身揮出了長刀擋在另兩人身前。下一秒，剛才被翻倒的機組突然再度亮起光，緩慢地喀喀發出不善的聲響。

光亮的位置並不相同，看來這具機組配有備用的替代核心，主核心被摧毀後能自己視狀況重新啓動，是很尋常的技術。

「琥珀，可以了嗎？」難得他家弟弟會弄這麼久，青鳥隨口問道。

「早就好了，不過……」

儀器那端的話還沒完，本來要撲過來的機組發出了一聲巨響，接著就當著所有人的面整具爆開分解，連復活都沒辦法了。

然後，他們看見憤怒的波塞特出現在倒下的機組後。

「你個遲鈍的傢伙！不是說有危險就閃遠點嗎！」

「誰知道隨便走都會有危險！」

看著又開始吵的兄弟倆，不知道爲什麼，青鳥覺得自己好像有點習慣了。明明一個在船上很像大哥類型，另一個剛剛相處時也滿溫和有禮，但兩隻放在一起就是會炸……大概是他們自己特有的兄弟交流方式吧。

比起吵個不停的兩人組，他覺得現在問題最大的，就是站在一邊的聯盟軍啊！

那個一臉根本不打算離開的沙維斯環著長刀，好像不覺得自己在這裡有什麼問題，竟然還耐心等人吵完！

不過剛剛琥珀的確有說波塞特和大白兔會一起下來，現在卻沒看見大白兔，可能是發現有其他人在場，藏匿了起來。

又對罵了幾句，那兩個兄弟才像發現有別人在場似地，各自冷哼了聲才停下吵鬧。

「走了啦，我已經把車叫下來了。」一把揹起海特爾，波塞特還是很想罵人，「你是不是又變瘦了啊，感覺好像沒上次重？」

「你才瘦巴巴到沒力！」海特爾也一句頂回去，接著轉向在旁邊等待的沙維斯，「您……」

「送你們上去。」看了眼波塞特和青鳥，沙維斯還是重複了剛才說過的話。

波塞特和海特爾同時看向一旁的青鳥，後者整個錯愕，接著手腕儀器動了下，跑出了些字條，讀過後青鳥鬆了口氣，「那就一起回去吧。」琥珀傳了「無所謂」的訊息給他，看來應該讓聯盟軍跟著也沒關係。

動力車來到之後，他們也很快返回了琥珀的家。

傷患被扶進屋，已經先準備好藥物的琥珀幫對方進行了治療與包紮，一切妥當後，波塞特也準備好點心和茶水，一群人就在大廳坐定了。

從頭到尾都在打量這群人的沙維斯瞇起眼。波塞特他知道身分，下車後也認出了湖水綠，但他並沒有主動開口，而現在所有人都盯著自己看，彼此都在等待第一句話。

「……我認得你們。」最終，還是不想浪費時間的沙維斯打破沉默，「出來，另外一個布偶。」

他果然認出來了！

青鳥一秒整個背都爆出冷汗。

從房子隱蔽處走出來，大白兔警戒地看著聯盟軍。

沙維斯看了眼布偶，轉向海特爾，皺起眉，「這是，計畫性？」

「不是，您誤會了，我並不知道您也認識我弟弟的朋友們。」雖然對走動的大白兔有點驚訝，不過海特爾馬上鎮定下來，畢竟自己在酒館工作並不是一天兩天的事，長期下來也算看多了奇怪事物，不容易大驚小怪。「我想您應該分辨得出來是不是謊言，並不用我再多做解釋。」

沙維斯點點頭，的確可以看得出來對方不是在說謊。他環顧了下，最後將目光放在琥珀身上。

「是你主動要求要來這裡的，你應該不只要送海特爾過來這麼單純吧。」把玩著手上的杯子，琥珀輕輕嗅了下茶香，對波塞特的印象分數再度往上修一點，「如果不是要挖掘處刑者的基地，那聯盟軍來這裡做什麼？我知道你關閉身上所有通訊系統，也切斷了和聯盟軍的聯繫，爲什麼？」

按著搞不清楚狀況、想開口詢問的海特爾，波塞特對自己的兄弟比了個噤聲手勢。

「不解。」沙維斯慢慢地開口。

「嗯？想請益處刑者嗎？」琥珀有點意外，聽說眼前這個人好像是專門獵殺處刑者、完全不留情的聯盟軍喔。

「不，我覺得跟著他，會稍微輕鬆點。」指向了一旁的海特爾，沙維斯這樣回應。

「我？」海特爾也愣了下。

「跟這呆子有什麼好輕鬆的？頂多會一起變笨吧。」波塞特窘臉，然後被自家兄弟踹了一腳。

「等等，所以不是巧遇吧？你跟著他？」青鳥一秒驚覺與剛才在山下聽的話不同。

「不，是巧遇。」沙維斯反駁了問句。

「還眞是巧啊……」青鳥感嘆。

「的確。」海特爾也滿認同的，而且巧到連續被救了好幾次。

「命運應該把這種巧遇放在大美女身上吧，遇到個笨蛋還不如遇到個美女。」波塞特嘖了聲。

「你們都給我停止說相聲。」這樣要問到什麼時候啊！琥珀一個個瞪過去，現在要先把這個聯盟軍的問題搞清楚吧，加上在船上問到的情報，他們的確有必要探一下這人的底細。「你所謂的輕鬆，是因爲海特爾有做什麼……？」

「不，是因爲他不做什麼。」沙維斯接過了對方遞來的茶水，「但是可以信賴。」

「……這我就不明白了，我想最多就是曾在墓地見過幾次，也沒有打過招呼，雖然我沒有小波那麼壞，不過也不認爲自己値得被您無條件地信賴。」身爲事主的海特爾也一頭問號。

制止海特爾想要再開口的問句，琥珀微微挑起眉，「你覺得聯盟軍有問題？」

沙維斯沉默了。

「就這樣打住吧，如果他想說的話，就會說了。」結束這個話題，海特爾也不想再讓聯盟軍被逼問，他隱約看得出來沙維斯似乎也不太想再說下去了，可能這個話題已經觸及到對方不願開口的部分。「不過，閣下可以別將這裡的事通報聯盟軍嗎？」看著大白兔，他自己心裡也稍微有底，就怕把波塞特也牽連進去。

「可以。」沙維斯原本就不打算增加額外的麻煩。

「那就好，既然這樣，我想我也該回去了，佩特特別交代一定要在午餐前回去，別

想偷懶避過人潮最多的時候。」算了下時間，現在趕回去應該剛好，海特爾站起身，

「可以勞煩沙維斯閣下送我一程嗎？」

「嗯。」知道對方不想讓他待在這邊，沙維斯也跟著起身。

「你們先把我們用的這輛車開回去吧，我再承租。」他哥開來的已經被毀了，波塞特邊說著，邊扶著對方走出去，然後小聲地開口：「回去再找你算帳！」

白了沒禮貌的弟弟一眼，海特爾就和沙維斯一起離開了。

聯盟軍急速到來又急速離開之後，青鳥才鬆了口氣，「還是搞不懂他來幹什麼耶，完全沒個頭緒……」

「不，其實有。」

大白兔走過來，在剛剛聯盟軍坐過的位子旁邊翻出了不屬於這房子的物品。

「他被監視了。」接過兔子遞給他的儀器，琥珀刷過後皺起眉，接著立刻打開程式窗，封鎖明明關掉、但其實仍有部分在運作的聯盟軍儀器。完全關閉之後，他才開始檢查和反追儀器系統。

「啊？被監視？」青鳥整個愣。

「可以查出來嗎？」波塞特走過去，站在一旁看著琥珀周遭顯示的數據，「真是奇怪，聯盟軍幹嘛這樣對沙維斯？」

「等找到那些亂蹦的小丑，我們就會知道了。」琥珀冷冷勾起唇角，準確地聯繫上藏匿在追蹤程式裡的尾巴，順利反追蹤回去。「接著，就等吧。」他將儀器也聯結上沙維斯身上其他的，保持在與沙維斯同步的使用狀態，這樣追蹤者就不會發現有任何問題。

「那位聯盟軍閣下究竟是什麼來歷呢……」也覺得實在太不對勁了，大白兔沉思了起來。

「難道是被聯盟軍抓住把柄，才不得不效力嗎？」波塞特想著回去告訴帕恩他們一下好了，看看芙西上那些朋友可不可以幫忙點什麼，如果沙維斯原本不是這樣的人，說不定他本人也很想找尋幫助。

「說不定喔！搞不好是要殺滿一百個處刑者才可以換回自由什麼的！」青鳥一握拳，憤慨地說：「太可惡了！」

「……學長你認爲，沙維斯那種身手會無法自由嗎？」如果他想走，應該早就可以來去自如了吧。琥珀倒不覺得是什麼交換自由之類的。

「啊，也對。」說起來，沙維斯也超強的啊，青鳥抓抓臉，「果然還是有什麼把柄在聯盟軍手上嗎？」

「那我們就來找看看是什麼寶物吧。」琥珀盤算了下，大概知道要怎麼挖掘了。

「雖然如此，不過琥珀你自己也要小心。」雖然已經確定少年實力高強，但大白兔還是有點擔心。

「嗯，我有注意。」琥珀點點頭，當然不可能隨隨便便把自己扔到刀口上去，「那麼今天果然還是要去那邊吧。」

「啊啊……要去面對現實了啊……」他們把衣服都扔在第七星區了。青鳥一整個眼神死。

「不管如何，我們接受了幫助，還是得走一趟。」琥珀收回了程式，站起身，準備去做出門的整理了。

雖然青鳥一想到就覺得頭大，不過果然避不掉了。

□

「小鳥～～～～～～～～」

花了些時間到達阿德薩的住處，一開門，青鳥果然就遭到愛的撲擊，「你們終於回來了啊！咦妳的頭髮變好短喔……啊不過我有加入後援會喔！還有換杯子，妳看妳看～～～」

直接被小茆拖進屋子裡看一堆美少女的杯子，青鳥眼神都死了，被「月神」加入後援會換杯子，他都不知道該高興還是該撞牆啊！聽起來好像很了不起啊！但是他想死的心都有了啊！

「這位就是芙西的船員？」阿德薩還站在門口迎接訪客，向波塞特、大白兔打了招呼，讓他們先進到屋裡。

「嗯，自己跟上來的。」琥珀環顧了下，屋裡雖然依舊一副破爛樣，不過大部分家具都已清除出去，擺放幾張新購入的沙發。

早上波塞特原本也要回去的，但不知道為什麼又硬跟上來，說是怕他們怎樣怎樣，跟著不放，青鳥跟大白兔不介意，琥珀就隨便他們了；來之前也先通知過阿德薩這件事，顯然這邊也不太介意有芙西的船員在場。

「這就是傳說中的月神嗎！」波塞特跟著走進屋裡，很興奮地轉了圈，無視牆上一個洞地上一個洞，心情愉快地與露娜和小茆行了禮，「傳聞最美的處刑者，我們船上也有很多船員加入月神的後援會！上個月的後援禮可是水晶項鍊呢！」

「對啊對啊，黛安有幫我們弄了一條，但不是很好的水晶，眞是可惜了。」露娜指著一邊的阿德薩，「阿德戴了兩天，就壞了。」

「……會壞是因爲妳一生氣翻桌，正好撞斷了吧。」阿德薩無奈地搖搖頭，接著幫所有人準備了茶水和點心，一出廚房就看見露娜和小茆罕見地與「大隻的男人」相處甚歡，抓著青鳥四個人一起在那邊圍著後援會的杯子聊得很開心。

這樣也好，如果她們多接觸點人、多交點談得來的朋友也不是壞事。

在一邊坐下後，阿德薩才正色轉向了一旁等待的琥珀和大白兔，「第七星區的事實在讓人措手不及，不過至今還沒有其他更大的動作傳出，可能還在進行部分汰換。」

「在下也是如此認爲。」大白兔拱了下手，憂心忡忡地說著。

「現在擔心也沒用，事情都發生了，等待黑梭他們聯絡吧。」這段時間，琥珀也編寫了不少新的攻擊程式，用各種方法勉強傳遞過去，讓北海可以盡量運用拖延聯盟軍的腳步，只是不知道手邊的連線還可以使用多久，得盡快尋找替代的連線網，這樣即使黑森林的斷了，也還有備用。

「是啊，也只能先靜觀其變。」阿德薩打開儀器，與琥珀和大白兔的相聯，將自己做好的數據表也讓他們複製下載，「關於第六星區這邊的動態，和琥珀先前猜測的差不多，近期污染者出現得很頻繁，露娜也處理了不少……包括伊卡提安和黑森林在內，我們這段時間已經遇到好幾次污染者了，全都是在強盜團離開之後發生的事，可以合理推測檯面下的行動還未結束，且有變本加厲的傾向。」

「嗯……」琥珀思考了下，「那關於沙維斯的事情？」

「上午收到你的訊息後，我已經著手調查了。那個人確實是個謎，既然是從港區事件出來的，就讓黛安幫忙在檯面下多打聽點，應該可以問到些什麼。」阿德薩這樣說著：「既然資料庫列為機密，說不定可以找到當初在港區目擊到這些事的人，多少可以釐清。」

「謝謝。」因為他們缺少這些可調動的人力，所以琥珀才乾脆借用了月神和黑森林這邊的人脈，扣掉資料庫以外，應該可以再找到點東西。

大致上交換完情報，另外一邊也差不多吵鬧完畢了。

「沒想到月神組織這麼好相處啊。」收到了杯子當見面禮，波塞特一屁股坐到琥珀旁邊，高高興興地讓對方看看瑞比特後援會的杯子。

「……」直覺想把杯子往對方腦子上砸，琥珀冷眼斜過去，正好看見他家想大攤牌的學長鼓起勇氣，拉著小茆。

「我有話想跟妳說。」再這樣下去不行！青鳥覺得再這樣繼續誤會下去，自己會很慘！而且還是非常地慘，要趕快和對方講明白，不然下半輩子就糟糕了。

「嗯？這好有告白的氣氛喔。」小茆捧著臉，露出甜甜的微笑，「小鳥要當我的人也可以喔，歡迎歡迎，食衣住行我都可以包養妳的。」

誰要被包養啊啊啊啊！

青鳥差點青筋暴出來，「是這樣的！其實、其實……其實我是男的……」眞的不是他孬，故意把後面聲音放小，但在小茆漂亮的大眼睛注視下，他不自覺聲音就變小了，「妳誤會了，我不是小女生……」

青鳥戰戰兢兢地往上看，果然看見小茆瞪大了眼，一旁的露娜也瞪大眼，然後阿德薩整個被茶水嗆到，連咳了好幾聲。

不知道今天生命會不會劃下句點，總之青鳥已發動了能力，準備在重拳揮來之前有多遠逃多遠。

「這個……」過了好半晌，小茆才張開唇。

「就算妳不信也沒關係！我眞的是男生！如假包換的男生！就算再怎麼穿！我也不改男兒魂！」青鳥心一橫，完全豁出去了，一腳往前踏，音量也跟著變大，幾乎是用吼的連著血淚一起噴出去，「我是男的我是男的我是男的——」

「我知道啊。」

終止青鳥悲憤的吶喊，小茆微笑。

「啊？」

青鳥張大嘴巴，錯愕了。

第七話▼▼▼黑島的存在

「我知道小鳥是男生啊。」

一屋子死寂安靜後，小茆再度開口，說出讓青鳥從驚嚇變成震驚的話，「上次一起睡覺的晚上有沒有，掀開被子，摸一摸就摸出來了。」

「掀……不對啊！我沒有睡著啊！」竟然是第一天就破功了嗎！青鳥整個退到牆壁上，顫抖著手指比向對方。他那天因爲很怕漏餡，幾乎整晚都瞪大眼睛不敢睡啊！

「不，其實你睡著了，大概半個小時左右吧，應該是很累很累了，連自己睡著都沒察覺。」露出有點夢幻的表情，小茆陶醉地說：「雖然死撐不睡的樣子很可愛，但是睡著了更可愛呀，我就有點情不自禁……」

「妳情不自禁個鬼啊！」不對！一般女生會半夜睡一睡往別的女生身上亂摸嗎！這不只見鬼了，這根本問題很大啊！青鳥已經嚇到聲音無法壓低，「妳那天就知道我不是女生！妳幹嘛還抓我去買衣服！還有偷換內褲！妳換什麼蕾絲內褲啊！」

「因爲可愛的東西要穿可愛點比較好嘛，又不是男生就不能穿，小可愛打扮得漂亮可愛也是責任啊。」小茆雙手拍了下，在胸前合十，笑嘻嘻地說：「而且你不是也喜歡這樣嘛，我知道有的男孩子心裡裝的是女孩子，只是不好意思說出來，我也把你當女孩子呀，就不用害羞了，光神雖然無法賜給你恰當的容器，但我們可以用後天彌補的，只要勇敢攜手向前，任何困難都可以度過。」

「我內心裝的也是貨眞價實的男子漢啊啊啊啊——」青鳥整個崩潰。

那自己是在裝假的嗎！

自己是在被整心酸的嗎！

誰跟妳內心裝滿女孩子！

正想怒吼嚴正聲明他的身分時，站在面前的小茆突然朝左揮出一拳，轟然一聲響，完好的牆壁直接被打出個大洞，外面的風就這樣灌了進來，還吹進了幾片樹葉與庭院的青草氣味。

「意思是，我再也看不到可愛的小鳥了嗎？」

瞬間面無表情的小茆看著眼前的青鳥。

還沒回答，青鳥就聽見幾個聲響，洞的四周裂出了更多線條，接著幾個掉落震動，整面牆壁竟然就這樣碎了一大半，房子直接半空透風了。

「對不起其實我也很喜歡可愛的東西，蕾絲好棒、可愛萬歲。」青鳥整個靈魂都出竅了。

「我就知道你只是在逞強嘛～～～」

看著那邊愛心滿天飛，波塞特默默轉頭跟著阿德薩一起吃點心，他覺得這種時候最好不要開口，假裝自己是房子裝飾的一部分會比較好……對生命比較好。

琥珀冷笑了聲，完全不想去救人了。

「對了，可否容在下詢問一個私人問題？」已經完全無視那邊的糾纏，大白兔晃了晃耳朵，視線落在阿德薩的手臂上。雖然穿著長袖，但手背上隱約可見一些黑色的皮膚硬塊，如果沒看錯，大白兔覺得對方應該也是位污染者。

「是的，如果您想問的是這個。」稍微拉高了袖子，阿德薩微笑地回應：「不過請放心，我是非傳染，這些污染只會毒害我的身體，不會散播出去。」有些污染者會散播毒素，更嚴重些會造成二度污染源，所以大多都會被聯盟軍消滅掉。

正因爲他是「非傳染」，才能夠殘存這麼多時間。

「您……」

大白兔正打算繼續發問，一旁的露娜突然衝了過來，用力抱緊阿德薩，懷有極度敵意地瞪著大白兔：「不准你們對阿德不利！敢傷害他，不管是誰我都會把他撕碎！」

放開了青鳥，小茆也瞬間出現在阿德薩身邊，全身散出了警戒。

「抱歉，在下並沒有惡意，引起誤會了。」大白兔拱起手，微微低下頭。

「露娜，妳快勒死我了。」阿德薩差點被抱到沒氣，苦笑著安撫一大一小，「別緊張，沒事的，小茆也是，不要跟露娜一起起鬨，兔俠是友善詢問，聽聽他想說什麼吧。」

稍微放鬆了些力道，但露娜沒有完全鬆手，就著環抱的姿勢坐在阿德薩身邊，漂亮的大眼睛盯著大白兔不放。

「大俠不會害人的，大俠是俠義之士！不要懷疑他。」青鳥也跟著跑過來，很擔心地攔在小茆前面。

一把抄起青鳥抱著，小茆也還是直勾勾地看著大白兔。

「不好意思，露娜她們只是比較容易擔心，如有得罪，也請見諒。」阿德薩很抱歉地朝大白兔微笑。

「不，是在下問得太唐突了。」大白兔不介意露娜的反應，繼續剛剛被打斷的話，「在下年輕時曾見過類似的症狀，如果可以，可否請您褪去上衣？說不定與在下看過的污染源是相似的。」

「你可以治療嗎？」露娜皺起眉，狐疑地開口。

「在下不通醫道，但大多數污染無法根治的最大原因，是因爲查不出污染源。」前世代開發了太多太多東西，以至於現代雖然有進步，卻很難完全分析那些混合再混合的扭曲物質，如果可以多知道一些污染源，就能夠再校準施藥，對污染者是有幫助的，這也是大白兔發問的原因。

「我在跑船時也見過幾個類型的污染者，說不定曾見過類似的喔？」波塞特也跟著開口：「如果不介意的話。」

「這沒什麼問題，該道謝的是我。」雖然不抱希望，不過阿德薩很感謝幾個人的友善，於是脫下了上衣，露出被包裹在裡面的軀體——

那是很像被狠狠鞭打過的身軀。

一條又一條怵目驚心的黑色長痕攀爬在阿德薩的身體上，扭曲糾結地鼓起交錯著，黑色隆起處已經不復柔軟，而是整個像甲殼般的堅硬；硬皮四周擴散出很多蜘蛛網般的黑色、黑紫色線條，密密麻麻布滿了剩餘空間。

看著這麼嚴重的污染症狀，大白兔和波塞特一時也說不出話來。

「幸好還沒爬到臉上，否則會嚇壞很多人。」倒也不以爲意，阿德薩穿回了衣服，就是有點歉疚嚇到這些訪客。

「……這樣不痛嗎？」愣愣地看著大叔，青鳥一瞬間覺得很難過。

勾起溫和的微笑，阿德薩摸摸青鳥的頭。

「沒關係，不用擔心。」

□

「這是多重污染。」

最開始的驚訝過後，波塞特有點沉重地開口：「我想就連副船長都沒辦法。」

「連泰坦都沒辦法，那個妖怪聽說是很厲害的藥師。」露娜冷哼了聲：「聯盟軍也是，每個人都只能開出止痛和拖延的藥方，根本沒辦法治療。」

「不能怪別人，罕見又重度多重污染，可以拖過這麼多時間已經很難得了。」阿德薩本身看得很開，反正就是多一日賺一日，只是拖累了許多身邊的人，讓他有點過意不去，尤其是爲亞爾傑那邊添了很多麻煩。

露娜皺起臉，不吭聲地把臉埋到對方肩膀上。

「所以這和兔子看過的一樣嗎？」琥珀轉向剛剛提出問題的大白兔，輕聲開口。

「有些類似，但在下知道的已經有點年代了，很可能後期又再經過混合變化……在下等等將當時所知的污染源成分抄寫給你們，若是你們有管道，也可以加入分析看看，說不定其中有幾樣是可解的。」大白兔想了想，說道：「在下也認識一些藥師，如果不介意，請容在下對您進行採樣，也讓他們協助分析。」

「謝謝。」阿德薩點點頭。

「不過，這麼嚴重的污染究竟是怎麼造成的？」盯著大叔看了半晌，波塞特滿疑惑的，「芙西也不是沒去過很糟的地方，我曾接觸過好幾個污染者，在交易上多少也遇過，但多重重度到這種地步的，還眞的很少見。」

看了一旁的露娜一眼，阿德薩拍拍對方的背，開口：「這是很多年前的事情了，現在提也沒什麼必要，就是進行任務時發生的不幸，比我更嚴重的人也都已經安眠於母星了，多說無益。」

知道對方不想明說，波塞特就沒再繼續問了。

對阿德薩採樣後，大白兔把樣本塞進身體裡，波塞特也收妥了一份，打算回到芙西後盡量找找管道。

「那麼天色也不早了，我們還是趕在宵禁前先到旅館去。」看著外面的天色，此行目標差不多都達成了，琥珀準備走人。今天拜訪月神花了比預計還多的時間，核桃的東西勢必得改成明日傳遞了。

「說到這個，你們不用找旅館了，其實我們已經搬遷，這兩天也正要轉移到新屋。如果不介意的話，今天晚上就一起過去睡吧。」看著被小茆揍出來的大洞，阿德薩也不覺得今晚可以繼續睡在這裡了，而且明天大概又會被砍價，這兩天來看屋子的已經把價位砍得夠低了唉……

「對啊對啊，我們搬到另外一區了，那邊的房子大很多，小鳥我們還是可以一起睡喔！」抱著青鳥，小茆愉快地轉圈圈，「我幫你買了很多漂亮的衣服，等等我們來換看看，一定很可愛的～」

覺得自己已經無法得救的青鳥什麼話都無法反駁了，只能放空放空再放空，隨便會變成怎樣了。

稍晚，阿德薩領著一行人前往另一個住處。

遠離了外環區後，他們進入的是靠近中地帶的小村鎮，居住環境與先前幾乎完全不同，村鎮裡很平和寧靜，看來一派悠閒，周圍還種植了許多植物與花，讓路上空氣沾染上淡淡的香味。

轉過幾條街道與許多木籬笆後，車子開往上小山丘，繞出了蜿蜒小路，最後看見的是一幢矗立在整片黃色小花海中的大房屋。

房子本身有些老舊，建材是罕見的紅磚與木材，模仿母星古代的某種鄉村風格，給人一種樸素溫暖的感覺，周圍也有幾棵大樹，光看就很舒服。

「這是黛安幫我們找的，阿德說這樣我和露娜就捨不得打房子了。」趴在窗邊，看著越來越靠近的新住所，小茆也覺得自己一定打不下手，這房子看起來很漂亮，與之前那種社區制式的建築完全不一樣，也和以前住過的幾個地方截然不同。

「三個人住雖然大了些，不過如果經常有訪客，那麼似乎就非常剛好。」微笑地這樣說著，在車子到達並停止後，阿德薩爲女生們開了車門，接著走向房屋，啓動了所有居家系統，溫暖的鵝黃色光芒立刻從屋子裡透出來。

「好棒喔。」雖然琥珀的家也很漂亮，不過眼前這間又是另一種漂亮感，青鳥巴巴地看著大屋，就讓小茆牽著進去了。

就和房屋外表給人的感覺一樣，屋內的布置也很溫馨可愛，據阿德薩說，這些是前

屋主留下來的。屋主早年便已遷移至其他星區，就是捨不得將這幢房子轉售，一直擱置著，因爲和黛安有交情，知道黛安有需要才轉讓給他們。交屋前，屋主還特地回來打掃一番，就這樣漂漂亮亮地交出手。

反觀之前交易掉的破爛住處，阿德薩還眞有點汗顏。

不過在看到屋子後，露娜和小茆就發誓她們絕對不會砸屋子，他也不知道該不該鬆口氣還是安慰，只希望眞的別再被砸了。

「小鳥我們睡樓上的房間。」小茆抱著青鳥，很興奮地往樓上跑。

「這裡客房很多，幾位就選擇自己喜歡的睡吧，等等我幫你們準備乾淨的被枕。」依舊被留下來招呼客人的阿德薩如此說道。

接著就是晚間的招待時間。

等待晚餐時，大白兔習慣性地離開屋子去夜巡。

波塞特想了想，就說要去檢查附近和車子，也跟著大白兔後頭出去了。

青鳥就讓小茆抓著在房間裡看新衣服。

看著廚房裡說說笑笑的阿德薩與露娜，琥珀思考了下，拿走牆壁上的掛燈，打開門，進入染著微光的黑暗中。

□

「你可以不用跟我們來的。」

站在車邊結束了通訊，波塞特聽見了後方傳來的腳步聲，回過頭不意外地看見跟出來的琥珀。

「我們很安全，你可以跟你哥回去的。你一路上都在擔心你哥哥，不是嗎？」將燈放在車頂上，琥珀靠著車門坐下來，摸摸黃色的小花。

他不是沒看出來，波塞特在上午時其實很想離開，但還是留下來了。

「我哥很安全，沙維斯大人都親自保護他踏進家門口了，絲毫無損，佩特說對方小心到只差沒揹著我哥走路，多周到啊。」波塞特聳聳肩，笑嘻嘻地在旁邊蹲下來，「而且跟著你們比較有樂趣啊，多好玩，還親眼看到傳說中的月神耶。」

「……你在芙西上看過的，應該更多吧。」芙西白船也是傳奇性質的存在，上面乘載過的乘客與各種物品，稀奇度早就超過處刑者。琥珀瞥了對方一眼，冷笑了聲，「算了，你說好玩就好玩吧，總之你也看見了我們沒有安全上的顧慮，明天睡飽，就快點回家吧。」

波塞特垂下肩膀，嘆了口氣，「琥珀弟弟，有時話別說太白，別人面子會掛不住。」他是真的很擔心海特爾的傷勢，偏偏那個遲鈍的笨蛋竟然還好吃好睡，一點都不知道他有多擔心。聯盟軍說要送他回去他還真的答應了，再怎麼說都是陌生人吧，而且那隻聯盟軍的性情還是轉變過的，萬一要對人不利怎麼辦！這種戒心都沒有，還招待人家吃午餐道謝……好歹也機伶點啊！為什麼自己的手足會如此沒防備呢！

「沙維斯看起來不像對你哥有惡意。」大致上也知道波塞特在擔心什麼，琥珀轉動了手腕儀器，拉出了分析資料。

「我是擔心對沙維斯有意圖的人，會注意到我哥。」既然他們都知道沙維斯那邊是有問題的，波塞特就不樂意看到海特爾與對方走近。幫助沙維斯是一回事，和他的雜事牽扯上又是另一回事，聯繫完佩特後，波塞特就發了訊息給帕恩，請對方務必幫他盯著點，他不想再看到自己的家人被傷害了。

「等等我會編寫一些程式，掛上海特爾的儀器後，多少可以防範聯盟軍對他不利。」波塞特的擔心也很正確，琥珀思考了下，隨手先調動了些資料，開始分析佩特那邊的店家與街道有多少系統與聯盟軍有連結。

「那傢伙眞的笨到……唉……」波塞特抓抓臉，喪氣地也坐下來，「你也知道我們的出身和『那裡』的事情。」

「嗯。」

「其實海特爾當初不必被抓的，他不是能力者，對方看上的是炎獄能力。」看著漫天星子，波塞特一時回憶起塵封許久、但根本沒褪色的不堪過去。「那個笨蛋當時也沒幾歲，發現有人潛入家裡也不逃走，就一直抓著我，緊抓到連他自己都一起被抓走。」

對於原生家庭，波塞特已經不復記憶了，畢竟他和海特爾離開時太小，根本不到懂事的年紀，他只記得滿房子的血還有一樣幼小的哥哥；接著他們就被投入地獄裡，連爲什麼都不知道。直到那一天逃出來、被佩特他們救走，才結束一切。

他上船，是想要找到並毀滅那個過去，要讓他哥哥徹底與過去切斷，永遠不用再爲了那地方的存在害怕擔心。

但是海特爾很不諒解這件事，直到現在仍是，眞的讓他很無言。

「比起向以前復仇，你何不就和你哥安穩過日子，不要再管那些事情了。」看他家學長笨得多好多乾脆，直接就這樣完全把家族那些東西都丟乾淨了，如果不是家族其他人要糾纏，琥珀覺得青鳥應該眞的就完全爛死在追星和第六星區裡，把自己過往的事情忘到最乾淨。

……所以說頭腦簡單的人眞好啊。

「雖然很想說你還小不懂，不過你肯定懂。那些地方如果不盡早處理掉，一定會有更多人受害。」波塞特瞇起眼睛，緊握著手，「總有一天我一定要找到黑島。」

「你們在說黑島？」

猛地出現了不屬於他們的第三者聲音，波塞特與琥珀同時站起身，轉頭看向不知什麼時候開始便站在車子另一端的女孩。

太大意了。

波塞特暗罵了聲，因爲想起過去的事，讓他一時分心，竟然被人接近到這種地步還沒發現，如果這事被帕恩他們知道，八成又會被以重新訓練爲藉口揍得鼻青臉腫。

「你們知道黑島在哪？」不理會兩人露出的警戒表情，小茆繞過車輛，只想知道自己在意的答案，「在哪？」

護在琥珀前面，波塞特有點狐疑地看著面無表情的女孩，「爲什麼妳要找黑島？」

「別問，你們不要知道比較好，只要告訴我座標在哪裡。」歪頭看著兩名男性，小茆皺起眉，「總之和你們無關，告訴我就好。」

「……等等，妳也是從黑島出來的？」聽著有點似曾相識的話，波塞特連忙打住詭異的氣氛，重新正視起眼前被稱爲月神之一的女孩，「VT8？」

「9……等等，該不會你們也是？」小茆愣了愣，睜大眼睛看著波塞特，「爲什麼？你們怎麼逃出來的？小鳥也是嗎？」

「琥珀和青鳥不是，我是。」

□

「小茆不是出來叫大家吃飯的嗎？怎麼都沒人進去？」

被阿德薩拜託出來看狀況的青鳥才走了幾步，就發現站在外邊的三個人都轉過來看著自己，氣氛有點不太對勁，他連忙看向琥珀。

「這裡不好說話，到遠一點的地方。」小茆抬了抬頭，說道。

幾個人對望一眼，就拿著燈稍微走離房屋，大致到了可以看著屋子、談話也不會被聽見的地方才停下來。

「怎麼了？」一頭霧水地看著幾個神神祕祕的人，青鳥疑惑地問道。

拍拍青鳥的腦袋，波塞特正色看著小茆，「所以妳……」

「我和露娜從那裡逃出來已經很久一段時間了，那時候是阿德薩救了我們，他也是因爲我們的關係才會被污染。」小茆咬著牙，說著：「離開後，阿德薩的隊伍偶然捕捉到黑島的訊息，他想要回去找……結果那竟然是個異變島，有人騙他們，將他們全都騙到異變島上，他們一登島發現不對，但已全都曝曬在污染源裡，才會變成現在這個樣子。」

握著小茆的手，青鳥也不知道該講什麼，其實他還沒搞清楚狀況，但是大致上可以猜得出來是怎麼回事。

「我和海特爾是十幾年前因爲一次震盪停擺逃出來的，但因爲受傷摔到海裡，幸好遇上了佩特他們救了我們，才得以完全脫離。」波塞特頓了頓，繼續說道：「老實說，我們被捉之後根本沒見過外面，也不曉得被困在哪裡，只是佩特說是在黑島撿到我們，所以我想我們應該是被關在黑島裡；也或許是我們後來被沖上黑島或異變島，無論如何，黑島都脫不了關係，如果要查肯定要從那裡查起。」

「可是十幾年來，不管怎麼找都再也找不到那個地方，佩特提供的座標也完全空無一物，芙西經過了幾十次，全都是一片海，什麼也沒有，我一直在想，如果不是佩特記

錯，就是……」

「島嶼會移動。」

波塞特和小茄猛然轉看向一旁的琥珀。

「那是存在的，黑島是移動島嶼。」琥珀看著兩人，淡淡地開口，「黑島一直都在移動，海面上、海面下，它不會長時間停留在同一個地方。」

「……沒錯，那是移動島，抓走露娜的人這樣向她炫耀過。」小茄握緊了青鳥的手，「噁心的人們，對露娜做了太多太多骯髒的事。」

「你們說的到底是什麼地方？」雖然手很痛，但是青鳥努力忍著，然後拍拍小茄的手臂。

「惡神的黑島……不如說是貪婪人類的實驗場。」琥珀冷笑了聲，看著天空，不知道什麼時候開始，原本散滿星星的天空已經完全被烏雲遮蔽，陰沉無比。「雖然有八成已經封鎖，但還是有兩成左右的高科技區域被人們打開使用。七大星區看不見的地方，那些人繼續使用著禁忌科技，恣意進行各式各樣的研究與製造。」

「合理的解釋，我們認爲那應該是某個家族創造出來的實驗場，因爲某個理由，刻意隱藏在人們找不到的地方。」波塞特說出自己長久以來一直猜測的事，「VT8和9都是

實驗區，我和海特爾在那裡看過很多被他們捕捉、擁有能力的小孩，他們對那些幼童進行某種研究，小茆應該和我們一樣都是其中一員。」

「北海也是。」

停止了交談，幾個人往上看，正好看見大白兔跳下來。

大白兔拍拍身上的樹葉，拱手一揖，「得罪了，不過在下返回時正好聽見幾位的交談，並非刻意偷聽。只是北海也曾遭到不明捕捉，後來才逃出。」

「不過這些都不重要。」不管黑島在進行什麼實驗、有什麼目的，小茆關心的並不是過去那些破事，「黑島上有高科技和被封鎖的禁忌科技，我和伊卡提安都認爲一定有辦法解析和製作能夠救阿德的藥，如果你們知道座標，就給我，其他的事都不要管，回去好好過生活。」

「如果有座標，我早就回去沉了那座島。」聳聳肩，把事情說開之後，波塞特也覺得稍微輕鬆了點。佩特不希望他們再涉入危險，海特爾根本完全不想再和那個地方有關係，而他絕對要滅了那裡，這樣海特爾以後才不會作惡夢。

琥珀也搖搖頭，沒有回應小茆的冀求。

「在下和黑梭追蹤了黑島非常久的時間，但也無法得到相關消息，眞的很抱歉。」

大白兔很遺憾地說著，沒辦法提供什麼訊息。

「嘖……」小茆放鬆了手，然後抬起頭，「阿德出來找我們了，剛剛的事不要讓他知道，敢告訴他的人，我就叉叉你個圈圈！」

「……」在場的男性們默默點了頭，表示了解叉圈的威脅。

離開了房屋，不知道爲什麼這群人會離屋子這麼遠，阿德薩提著燈走過來，「怎麼要開飯了，才一個接著一個消失啊？我和露娜的手藝應該還沒可怕到這種地步吧……起碼我對自己還有點自信。」

「這是我跟小鳥的祕密，大人不能聽啦！」緊抱住來不及逃走的青鳥，小茆一邊推著阿德薩往屋子移動，「吃飯吃飯～」

「波塞特和兔俠不也是大人嗎。」有點好笑地被推著走，阿德薩開玩笑似地說著。

「兔子不算，他是娃娃，波塞特也不算。」

「喂喂，哪裡不算了，好歹我也算是你們這些小孩子裡面最年長的——」波塞特不平地追了上去。

看著他家眼神已經死掉的學長就這樣被拖走了，琥珀嘆了口氣，與大白兔交換了一眼，隨後跟上。

才走了幾步，就看見已經在門口的阿德薩回過頭，衝著他笑了下，「琥珀，晚點來書房一趟吧，我想和你交換一些程式意見，小茆和露娜對這些不太了解，難得有相當的夥伴可以討論，好嗎？」

「……？好啊。」

□

晚飯過後，琥珀依約來到阿德薩的書房。

雖說是書房，不過並沒有什麼實質的書本，僅有幾本裝飾書放在壁櫃上。相較之下，琥珀家裡的眞正書本還比較多一些，這裡就是個很大的房間，和外面一樣也被布置得很舒適，牆上掛著各式各樣押花做成的圖畫，相當別緻。

書房末端有幾張木桌，上面放了些儀器，有些拉出畫面正在跑動程式，有些則是顯示各種資料，看上去也有正在試圖破解軍方系統的部分，而阿德薩就坐在那邊。

「這邊坐。」

看到人來了，阿德薩起身推了張椅子過來，上面還有米色的刺繡抱枕，靈巧的手藝繡出美麗的月亮圖騰。

盯著抱枕看了半晌，琥珀走過去坐下。這種手工藝品價值不菲，看來黛安也費了些心思幫他們布置啊。

「蘋果茶好嗎？我們還沒採購其餘日用品，現在可選的材料不多。」雖然這樣詢問，阿德薩已經端了溫熱的飲料過來，然後將白瓷茶杯遞給男孩。

接過對方的茶水，琥珀再度往桌上那些畫面看了眼，「那個資料庫是假的。」

「嗯？」

「左邊第二個，中央第七區的資料庫，那個是假資料庫，突破之後裡面只有一些很沒用的歷史文件，連線到一般公民的圖書館就可以查到了。」以前也破解過的琥珀這樣向對方解釋，「你要繞過這個，然後解開附掛在它下面的那些小檔案夾，一個個獨立出來後再冠用三維重組模式排列啓動，就會出現眞正的資料了。」

「原來如此。」在對方的建議下，阿德薩改變了目標，繼續放著讓程式自行破解，「藤和亞爾傑說了不少你的事情，看來他們並沒有誇大。」

「他們可能誇小了。」也完全不客氣地這樣回應，琥珀嗅著茶的香氣，自然不造作

的味道，是上等貨。

絲毫沒有任何不悅感，只覺得男孩很有趣的阿德薩在對面坐下來，微笑地開口：

「我只想拜託你，不論發生什麼事，都不要告訴小茹和露娜任何關於黑島的資料。」

「……你聽了我們的談話？」

還是維持著不變的笑容，阿德薩抬起手，點點手腕儀器。

所以才說，不想被人知道，就不要在儀器前講祕密。

琥珀很確定自己和青鳥的儀器沒有被入侵，看來是小茹那邊被掛了連她自己都不知道的程式，阿德薩聽完他們的討論後才走出屋子的。工程師的水平果然和兔俠那邊亂七八糟的組合不同。

「我發過誓，在有生之年會好好保護小茹和露娜，雖然已經隨時可以看見盡頭，但只要還能呼吸，我希望她們別再捲入那個地方。」阿德薩放下手，露出了淡淡的苦笑，「不值得，解藥什麼的，都不值得。波塞特兄弟也是，既然得到了新生活，就該好好過日子，人不應該困擾於過去，尤其他們的自由都得來不易，並非每個人都可以如此幸

運，死去的孩子遠比逃出的孩子更多。」

「所以，其實你有黑島的線索，只是都處理掉了。」琥珀支著下頷，大致可以了解對方的苦衷。

「是的，我也請求過泰坦和蕾娜，他們同意不支援任何與黑島相關的消息，即使露娜和小茆求助，他們亦從來沒有提供過；我想泰坦也與伊卡提安提過這個請求。」不過另外那位處刑者實在有點難以探測，於是阿德薩只好盡量防止相關消息被露娜她們拿到，「現在，我也正式請求瑞比特，幫忙達成這個心願。」

琥珀思考了下，有點遲疑地回應，「我個人答應你，不過學長的決定才是瑞比特的決定，我會找機會向他說這件事情。」這種事情，他不想幫青鳥擅做選擇。

「我明白，暫時這樣就可以了。」

看著阿德薩，琥珀將剩下的茶水喝完，然後站起身，「雖然這樣說，但是明明有機會可以得到解藥，你能這麼乾脆放棄嗎？」

「我寧願用最後的時間和露娜、小茆快快樂樂地在一起，也不願她們爲了解藥回到過去，只爲了讓我多活幾年而有憾恨。」深深看著男孩，阿德薩笑了，「現在這樣就好。」

「嗯。」

琥珀伸出手，「我會幫你的。」

握住男孩的手，阿德薩也起了身，「謝謝。」

「所以無論如何，你們都要好好地活下去。」

第八話▼▼▼開始行動的人們

第二天，就在波塞特打算要回港區時，來了意外的訪客。

「小茹美女～」

大清早，小茹正要到外面摘點花裝飾餐桌時，遠遠就看見讓她一早差點破殺戒的對象，那個完全不可愛的亞爾傑跳下自用車，用很討厭的速度朝著她奔過來，所以她放下了手上的花朵、握起拳頭，重力加速度地往那張討厭的臉一揮，接著對方帶著一條血線就這樣往後飛回去了。

揉著眼睛正要踏出門的青鳥看見這樣的場面，然後下意識地把腳縮回去，非常驚恐地看著外面的命案現場。

「感覺好痛喔。」站在走廊的波塞特也看見了「晨間運動」，嘖嘖地感到臉上一陣發麻，雖然不認識被揍飛的人，但他還是有點可憐對方。

本來正在打坐的兔子瞬間僵直，就這樣倒了下去。

「爲什麼一大清早你要出現在我面前啊，難得昨晚和小鳥玩得那麼愉快還一起睡了好覺，你是出現要破壞我的美好嗎？」走上前踩住亞爾傑的背，現在心情完全不愉快的小茹聽到底下傳來某種嘎嘎嘎的聲響，「討厭討厭討厭——」

看到亞爾傑都在抽搐了，就算再怎麼恐怖，青鳥還是衝過去救人。再這樣踩下去穩死的！就算再怎麼耐打，這樣踩一定死得妥妥當當！

「不要太欺負亞爾傑了。」聽到騷動聲，跟著走出來的阿德薩有點無奈地搖頭，又好氣又好笑地看著經常上演的畫面，不過難得小茆沒把人揍到牆上，之前有幾次打飛黏在牆壁上，看來小茆果然有留意盡量不破壞到新家。

「他不要出來，我就不會欺負他。」眞想把人往死裡踩，但因爲青鳥已經來拉人了，小茆也只好收腳，有點氣呼呼地看向阿德薩，「阿德你幹嘛這麼快就告訴他我們搬家啊！」

抹著臉上流下來的血，亞爾傑一邊感謝青鳥遞來的手帕，一邊掙扎著往房子爬去，「在死之前……我一定要好好看過你們啊……」

「你就這樣死了算了。」直接從青年身上踩過去，小茆拉著青鳥走回屋前走廊，「可惡，我們進去吃早餐。」

有點抱歉地看了黏在地上的亞爾傑一眼，青鳥就這樣被拖進去了。

抄起裝死的大白兔，波塞特打了招呼，也跟著進屋。

「沒事吧？」阿德薩蹲在走廊邊，都不知道該可憐對方還是該叫他別老是這樣，好歹身分也算尊貴，常常被這樣踩來揍去實在是很不恰當。

「有事。」亞爾傑抬起手，就黏著地面的姿勢打開手上的小盒子，露出閃閃發亮的美麗戒指，「請把小茆嫁給我。」

「別鬧了，大家都已經進屋了。」

嘖了聲，亞爾傑收回戒指，一邊哀哀叫一邊掙扎著爬起身，然後摀著到處痛的身體，駝背彎腰地靠在走廊邊，「還好被踹出心得，這次有閃開，骨頭沒斷。」糾纏這麼久，他已經很有應對閃避的方式，被踹斷骨頭的機率變得比較小。

「……」到底是故意鬧小茆還是自小認識的青年本身有被虐狂呢？阿德薩決定不要去猜測這件事，「怎麼一大早就過來？」

「清晨時，海巡的軍隊攔截到不正常訊號，派遣特殊部隊環海後發現一支潛行的機甲隊伍，全部都是第七星區那種機組，但是有著完好的裝甲與動力，在進入內海之前已經被聯盟軍完全摧毀，沒有驚動到普通百姓。」亞爾傑向後仰頭，用很像聊天的語氣這樣告訴對方，「全部都是攻擊型號，看來不樂觀。」

「聯盟軍派往第七星區的使者呢？」

「雖然是機密，不過就老實告訴你了，從第一星區到第六星區的使者全數斷聯，已經三天以上沒有回報了，軍方現在正在低調地加派人手，全面戒備了。」直起身體，亞爾傑扶著牆壁站起身，「昨天深夜已經派出探索部隊，將祕密潛入第七星區了解狀況，希望事情不要真的像你們講得那麼糟就好……」

「探索部隊是你的人嗎？」第六星區在檯面下仍有政權鬥爭，就算是這種時候也一樣，阿德薩知道亞爾傑也一直在和沙維斯後面的勢力拉鋸著。

「是啊，好不容易踹了對方，派出的全都是我們的人，可以拿到第一手情報。」換上了笑嘻嘻的表情，亞爾傑往對方肩膀上一搭，「這樣可以換到一頓美味的早餐嗎？」

「別招惹小茆的話，應該可以安然無事地吃飽吧。」就怕他又去惹小茆，接著不知道會飛出窗還是飛出門。有太多前車之鑑了，阿德薩還真不敢保證能不能順利吃到。

「小茆太可愛了，我可以讓她一直踩也沒關係。」亞爾傑看著漂亮的屋子，高高興興地跟著踏進去，「當然我嫁過來也可以。」

「咳咳，你父親應該不可以。」阿德薩完全可以感覺到家長的怒火。

「不然你們嫁過來最妥當了……嗚噗……」

話都還沒講完，亞爾傑就遭到側邊一拳頭。

端著盤子路過的小茆惡狠狠地拖走青年，「你又在跟阿德亂講什麼，給我過來……」

「小茆美女妳身上好香……嗚噗……」

有點無奈地看著再度被揍的青年，阿德薩決定就這樣隨便他們去了，反正一個願打一個願捱，旁人好像也不能說什麼。

走到一邊，琥珀有點無言地看著那邊亂成一團的傢伙們，然後轉向阿德薩，「那麼等等我們就離開了，如果有其他事情，就隨時聯絡。」他們今天還得去核桃指定的地點，早上起床時他就發了訊息過去，希望那邊可以順利就是。

「自己小心點。」

「彼此彼此。」

□

吃飽飯後，小茆送走了青鳥一行人，原本是很想跟上去的，但是琥珀死活不讓跟，讓她默默有點不滿。

接著更不滿的是，她竟然還要送亞爾傑出去搭車。

不過看在阿德薩好像又不是很舒服，露娜要照顧他的份上，小茆只好把這渾蛋送出門了。

「小茆美女每次都是用臭臉送我回家啊，能不能哪天給張美美的笑臉，這樣我才可以很歡樂地離開啊。」雖然很想搭過去，不過上次搭少女肩膀時，亞爾傑直接被折斷手，所以還是暫時先不要碰好了。

「你明知道我最討厭看見你了，你如果不要來，我每天在家都是笑的！」她就無比討厭亞爾傑，不是往她身上黏就是黏著阿德不放，還一直說他以前和阿德很好很好什麼的，眞是討厭。

「那可不行，再怎麼樣也還是得來監督阿德用藥的狀況，還有要帶他去醫師那邊，所以我只好繼續出現了。」側頭看著女孩低低的臉，亞爾傑覺得很有趣，「而且只要沒看到小茆美女的臉，我就覺得很寂寞啊～」

很想再一拳上去，但是出門前，阿德薩有警告過她不可以再揮拳頭，小茆只好先忍下來，「煩死了！」

「說起來，其實今天也有另一件事是要找小茆的。」轉過小街道後停下腳步，亞爾傑看著朝自己抬起頭的精緻小臉，「根據我安插的人回報，青鳥他們似乎在小海島上曾接觸過宗教反抗軍。」

「……那又怎樣？」宗教反抗軍的話，她和露娜也接觸過不少，有部分仍有聯繫，

雖然立場不同也不一定會互助，但彼此總是會買賣些情報，並不是那麼稀奇。

「第四星區似乎派人剿滅了反抗軍，正好我安插的人手避開了那一劫，現在監視著身爲『頭腦』的虛仿，得到消息曉得青鳥他們受了對方請託，要將一件物品送到第六星區的反抗軍分部。」亞爾傑勾起微笑，靠在圍牆邊，「原本我的手下是想要帶走那件物品，不過被青鳥他們快了一步、沒辦法硬搶，我想現在他們應該是要轉交物件了。」

「那干你屁事？」聽著，小茆皺起眉，「我警告你，不要打青鳥的主意，如果他因爲這樣受傷，我就宰了你！」

「當然不是要對他們不利啊，不過我聽說那個物件可能和黑島有關聯，原本是第四星區高層藏存的，不知道爲什麼會落在反抗軍手裡。」笑笑地勾起了一束細軟髮絲，亞爾傑很高興小茆在思考時沒有一拳打過來，「所以我讓手下套了那名虛仿的口風，得到了一組座標，雖然不知道是不是黑島，不過可能性很大……」

「座標給我！」立刻抽回自己的頭髮，小茆正起神色，「我去找青鳥他們說清楚！」昨晚已告訴過他們原因，如果那個物件眞和黑島有關，小茆用搶的也要搶過來。

「座標已經傳到妳的儀器上了，我這麼盡心盡力，可不可以給我一個獎勵吻……嗚噗——」

直接被賞了一拳頭，亞爾傑哀傷地倒在地上看著纖細背影飛奔遠去。

眞是淚流滿面啊……

「我們需要保護小茆小姐嗎？」

輕輕的聲音從圍牆上方傳來，亞爾傑抹了抹臉上的灰土，有點狼狽地半爬著坐起身，就著倚牆的姿勢笑了下，「不用，她離開之後反而會安全，讓他們去牽制第四星區的勢力是最好的，這樣我們比較方便動手。」

「沙維斯方面？」

「是麻煩啊，要拔除那群人，沙維斯擋在前面也是個麻煩，不過他好像對酒館那些人起了興趣，那麼就有弱點，你們有機會，就把沙維斯處理了；雖然有點可憐，但是別讓他成爲那群人方便的武器。」之前聯盟軍招募的沙維斯太強，沒有什麼可下手的攻擊點，現在有關心的事物，那麼就可以針對這點扳倒他。

「是……嗚……」

紅色的血液從天空飛濺而出，落在亞爾傑臉上。

悠悠哉哉地站起身，不意外地看見一把長刀往他揮過來，接著削開領子停在他脖子半公分處。

黑色的人影站在他面前。

幾乎攻擊到來同時，數名白衣女性已將這裡包圍了一圈，低能源槍枝與彎刀指向了黑色的攻擊者。方才被襲擊的手下從圍牆上掉落，就趴在他腳邊，肩膀被切開了很大一道血口。

「沒想到伊卡提安會針對我啊，眞意外。」看著眼前的人，亞爾傑一點都不擔心對方的刀鋒，反而環著手，好玩地開口：「可以成爲你的目標也滿榮幸的，不過好歹也露一下眞面目，否則很容易死不瞑目的。」

站在他面前的人一身黑，手套靴子都黑的，身上的連帽斗篷也是大黑，斗篷帽還直接拉了塊黑布，把人臉全遮住了，連眼睛都看不見，眞的黑到徹底……啊，刀身是白銀的顏色啦，唯一不同的色彩，像是黑夜裡的閃雷，有種詭異的美感。

「對了，昨天出手射翻機組的那個人是你吧。」雖然沙維斯前往處理，不過根據報告，亞爾傑知道還有另一個人在場，破壞了第一個核心之後馬上就離開了，絲毫沒有停留。

「離沙維斯遠點。」沒有回答問句，緩慢地收回長刀，攻擊者如此說道。

「被害成這樣，你還關心他？」

同樣沒有回應亞爾傑，黑影在眨眼下秒突然消失在空氣中，快得連那些環繞著的女性們都措手不及。

讓手下先把傷者帶去治療，亞爾傑摸摸被削壞的領子。

「不過，他可不關心你哪……」

□

「哈啾！」

青鳥打了個大噴嚏。

「髒死了。」琥珀皺起眉，把人往旁邊推開。

「嗚喔喔鼻子有點癢癢的，不知道是誰在說我壞話。」青鳥揉著鼻子，接過大白兔遞來的帕子擦了擦，「希望不是在後面詛咒我變矮變矮之類的。」

「應該沒有人這麼無聊吧。」琥珀冷眼看著矮子，深深覺得就算不詛咒，對方也長不高，畢竟是家族遺傳，很難突破的。

「不行！我們要貫徹吸引力法則，現在開始你們每天都要祝我長高、一直長高！這樣我才真的會長高！」越想越不對，青鳥決定自立自強也要別人一起幫忙強，「來，跟著我一起喊：變高、變高，青鳥變得跟大樹一樣高！」

兩秒後車內傳來的是一片寂靜。

「咦？咦？」接收到哀怨視線的大白兔愣了下，不知道究竟該不該喊。

「別管他。」已經很習慣這種事的琥珀完全無視又在發癲的笨蛋。

「要管我啊！快點管我啊！」

就在青鳥要抓著他家弟弟吵鬧時，原本平穩行駛的動力車突然狠狠一打滑，整個歪斜出預定好的軌道，正在前面打盹的波塞特也嚇了一跳，連忙切換手動穩住車體。

動力車停下後才發現，前方道路出現了許多障礙，除了一堆被連根拔起的樹以外，還有不少遭到破壞的機組散落在更後面的通道上，連路邊的建築物都被毀了，空氣中有著一層淡淡的毒霧；重啟車輛後，系統立即亮起初級警報。

「……那個核桃說的地點應該就是這條路的盡頭沒錯吧。」看著很明顯被人砸過場子的道路，波塞特摸著下巴，總覺得這群人的事情還眞多。今天究竟能不能回得了港區呢，眞是令他好奇。

「看來這一帶軍方的探測系統都被封鎖了，所以剛剛車輛才沒有自動掃測出狀

況。」雖然很可能是被攻擊者封鎖的，但既然是反抗軍的據點，他們自己鎖上的可能性也不小，這就不難理解爲什麼聯盟軍會沒收到破壞報告出來收拾殘局。琥珀爬到前座，打開車輛設定，簡單改變了幾個指令後，讓車子重新探索並規劃出新的安全路線。

「等等，不要進去。」青鳥皺起眉，拉住琥珀，「不知道前面是什麼，離開好了。」雖然答應核桃要幫他送東西，但是現在這種狀況，他不想讓琥珀跟著冒險，尤其這裡已經開始散發莉絲毒氣了，雖然很低，但仍有危險性。

「不如讓在下進去查探狀況吧，幾位先退至安全區，若找到反抗軍的人，在下也可請對方來取；若是攻擊者，在下擺脫的方式較爲靈活，必要時可以脫棄軀殼。」估算了下莉絲毒氣，還在防具可抵禦的程度，大白兔於是這樣說道。

「這也是個方法。」點點頭，想快點了事的琥珀和青鳥交換一眼，「就這樣吧。」

取得了核桃提供的通關權限後，大白兔與琥珀交換了連線，接著打開防具，就這樣跳下車，消失在一片凌亂之中。

打開地圖，波塞特將車子轉向附近的小山丘，稍微有些距離，但可以從上方看到被莉絲覆蓋的地區。

這個區域距離最近的小鎮有不短的車程距離，周圍有一些已經廢棄的前世代建築，幾座大樓已經被削掉一半，看不出以往高聳入雲的模樣；附近也環繞著各式各樣的遺跡骨架，還有些報廢機組，現在這些殘跡已經覆蓋了一層綠色，青苔、藤蔓或是大樹盤繞各處。隱約可以看見有人曾在裡面活動的痕跡，很可能是無地之民、拾荒者、沒有歸處的人，或者不想被找到的反抗軍。

雖然同住在第六星區，不過年幼時期都是在港區度過的波塞特還眞沒到過這麼遠的地方。稍微搜索了下，他找到了這一帶的介紹，大致上說是在戰爭爆發前，這裡曾經是個研發群聚地，隸屬私人機構，一度擁有建構大型機具的產業；戰後和莉絲爆發之後，地區遭到重大破壞，也被莉絲狠狠啃食，後來便廢棄了，成爲現在的模樣。

當時殘存下來的人們也在聯盟軍的安排下取得住所，散居各地重新生活。

核桃交給他們的反抗軍座標就是在廢棄研發區的某一處。

「啊，難怪我覺得座標有點眼熟，以前學校有些同學很喜歡跑來這些地方探險。」青鳥擊了下掌，想起了那段大家和樂的時光。

「的確是。」一提及，琥珀也跟著想起來有這回事，因爲他不是那些圈子的，自然也不會有人來找他說這些東西，大多就是聽旁邊同學們聊天，多多少少有個印象。

「可惜，如果是平常，我們也可以組隊探險啊，一定很有趣。」因爲出身的關係，

佩特很擔心他們在外面被發現，他和海特爾其實沒有進過正式學校，都是接受教師單獨指導，所以波塞特有點羨慕學生可以群體玩樂。

「以後一定有機會的啦，等事情都辦完，一定有機會。」青鳥很樂觀地說道：「到時候我們可以自己揪一團，然後挑個好地方，就可以探險了！」

一旁的琥珀其實很想吐槽他們最近還探險不夠嗎，但又懶得跟矮子糾纏，就決定不管旁邊兩個傢伙一來一往熱切討論要帶零食組團探險的話題了。

打開這陣子持續分析那些珠子、追蹤的各種程式，琥珀仔細閱讀已經破解出來的情報訊息，思索著應該如何告訴其他人。有些部分他不想介入也不願介入，有些則是太危險……

「等等，莉絲是不是變濃了？」

青鳥中斷了討論，看著窗戶外面，錯愕。

□

大白兔看著越來越深層的綠色帷幕。

走入廢棄小鎮後，大多建築物已經被藤蔓和一些植物覆蓋了，樹也都長得很高大，在外面時還看不太出來，但踏進來後就會發現裡面其實有點像是迷宮，鎮內原本的通行道路早已消失，大部分纏繞了綠色，不然就是連磚帶石地被植物破壞了，已經不具有原本的引路功用。

仔細辨認著不久前才發生的打鬥痕跡，以及有人固定出入的使用痕跡，大白兔追蹤了一段路後，開始發現部分血跡和一些散落的儀器、武器。

聽見左後方傳來聲響，大白兔立刻全身一僵，直直躺倒在地上。

「清除乾淨了嗎？」

從後側走出來的兩人低聲討論著：「別落下痕跡，務必在那些人來之前準備好。」

看著從他面前走過去的陌生人，大白兔不動聲色地裝死，其中一名青年停下腳步，疑惑地朝他看了過來。

「剛剛有這個布偶嗎？」

「不曉得，別管布偶了，快點完成大人吩咐的事情。」

「等等，這個布偶太乾淨了。」走離同伴身邊，青年彎腰一把提起大白兔，仔細檢視，「不對勁，這裡可能有其他人，重新再搜索一次比較保險。」

「……布偶手上的是隨身儀器嗎？」留意到大白兔手上正在運轉的東西，另一人警戒了起來。

幾乎在同一瞬間，大白兔一記重拳打在提著他的青年臉上，當場迸出血花；在對方向後倒的同時扭身翻開，借力往另一人腹部踹下，落地時兩名陌生人已經倒地，連聲音都還來不及發出便完全失去意識。

左右看了下，看來沒驚動到他們的同黨或是其他東西。大白兔啓動了琥珀稍早交給他的程式，傳送到兩人的隨身儀器後，他接著搜了下身……如果有人臉的話，大白兔覺得自己應該這時候會皺眉吧。

在青年身上拿出了代表聯盟軍的徽章後，大白兔如此想著。

既然搜出了聯盟軍的身分，那麼就不是反抗軍。看來攻擊這處基地的是第六星區的聯盟軍，要轉交核桃託付的物品說不定已經不太容易了，照周遭發生過戰鬥的跡象看來，可以合理推測反抗軍已遭到重創，眼下不知藏匿到哪了。

再度聽見騷動聲，大白兔便直接藏入濃密的藤蔓內，關閉儀器後繼續僵化裝死。

很快地，出現了另一批人，大約是七、八人小隊。這次不用搜尋，大白兔從那些標準隊伍的動作和行事流程就可以知道這一定也是聯盟軍小隊，而且是專司戰鬥的隊伍。

隊伍的尾端有兩個人扣押住一個渾身鮮血的男人，明眼人都可以知道肯定是不同立場的才會被打這麼慘。

領首的小隊長瞇起眼，看著被揍昏的兩人後，轉向了後方的男人，「看來還有人沒撤走。如何？你要乖乖地合作，或是我們搜出殘黨，在你面前將他折磨至死？」

男人啐了口血沫，冷笑。

「搜。」

小隊長一聲令下，除了扣押俘虜的兩名隊員，其他人動作整齊地就地散開，呈放射狀往不同方向做定點搜查。

不過就算搜到，他們大概也搞不懂怎麼回事，更別說折磨了。自己的身體裡只有棉花，不會餓也不會累，壓根沒有痛覺之類的問題，那些對付人體的方式一點都傷害不了他，所以第七星區的聯盟軍才會如此頭痛啊。

但是話說回來，能想到要用「調魂」對付他，某方面來講也真是誤打誤撞、正中紅心了。只可惜被青鳥他們一鬧，那些長期捕捉他的可憐聯盟軍們又要想破頭，真是對他們有點抱歉。當中有些人還是從父親輩就追著他跑，然後第二代繼續追，還是追不出個所以然。

大白兔有點感嘆地如此想著。

就在有點憶當年的同時，外面的動靜也差不多告一段落，顯然什麼也沒找到的隊員們再度原路走回，重新聚集在一起。

「算了，反正『頭腦』已經在我們手上，據點系統也破壞了，剩下那些人也做不出什麼……」

「你們認爲這樣就會結束了嗎？」

打斷了小隊長的話，被押著的男人突然發出冷笑，聲音陡然低沉下來：「眞的以爲，我們會什麼都沒準備就放棄嗎？」

還沒來得及戒備，小隊周圍突然響起了不一的細微聲響，接著約在所有人腳踝高度處出現了無數紫色光絲，從地面或是廢棄建築物、甚至是藤蔓中，層層疊疊拉出了許多網狀，將小隊完全捕捉包圍。

「雖然不知道你們是從哪裡得到我們的消息，但也就到此爲止了。」

男人說完話的同時，那些光絲開始散出淡淡的毒氣，接著顏色轉濃，立即讓聯盟軍小隊配戴的儀器發出警報聲。

雖然沒有露出懼怕的表情，不過大白兔察覺到小隊伍中有人開始膽怯了，且那些光線也必然有一定的傷害性，讓小隊不敢輕易脫出攻擊。

「人類在歷史中永遠學不到教訓，事實無法掩蓋，我等將會繼續抗爭下去。」

在那瞬間，所有光絲炸開，形成小規模爆炸，雖然開啓防具就不會被爆炸波及，但是防具外的莉絲猛地增加了濃度與範圍，速度快到殘損的地磚已開始腐蝕。

「快離開這裡！」察覺到極度危險的聯盟軍立刻撤退，但馬上就發現四周毒霧已擴散覆蓋了道路，讓通道難以辨認。小隊長打開儀器，調出掃描地圖，帶著訓練有素的隊伍急速撤出區域。

啓動了防具，大白兔保持著一段距離，追蹤著隊伍離開。

大約在返至外圍入口處後，莉絲已經稍淡了些，這讓聯盟軍微鬆了口氣。押著人正打算直接撤離時，後方的大白兔見他們有些鬆懈，直接搶出，一招擊暈了落在隊伍尾端的隊員，接著在其他人還未來得及反應，加快速度再打昏一個，正好將被拖著走的男人救出來。

「什麼東西！」

小隊還在錯愕，大白兔拖著男人，已極快衝進了莉絲濃霧中。

「剛剛那是什麼！」

「布偶嗎？」

小隊伍顯然真的驚愕了，不過還是立刻追上來。

用這種身體揹著一個貨眞價實的人類走不快，大白兔左右張望了下，找到了傾圮一半的大樓，邊拉著人邊鑽了進去，確認位置是視線死角後，再度搬了幾塊磚板擋住了缺口，然後傾聽著外面的動靜。

再次追進來的小隊忌憚著莉絲濃霧，只在附近徘徊了半晌後便撤出去了，看來會等到霧氣稍低之後再繼續搜尋。雖然暫時可以喘口氣，但是他們也不能在這種狀況下待太久，如果防具撐不住，一樣會被莉絲溶解。

「把這個帶出去……」

正在思索著要如何擺脫聯盟軍時，一旁的男人咳了些血，掙扎著爬起。

「在下的盟友就在附近，不用擔心。」試著聯繫了琥珀，大白兔直接按著男人嚴重的傷口，讓布料堵在出血處。

「……交給蘭恩家……蘭恩家……」聲音越來越低，男人如此喃喃說道：「沒人可信了……只有蘭恩家……」

大白兔低下頭，看見了對方手上緊握住一小塊圓形的東西，因爲染滿了血，只知道大約是半掌大，看不出來是什麼作用。

「……瑟列格當家很危險……」

□

「出來了。」

收到大白兔的求救訊息後，琥珀快速指引他們往另一條安全道路離開，然後讓波塞特轉移地點，一群人就在小鎮另一端等待著。

不用多久，就看見沾滿鮮血的大白兔扛著個成人出來。

已經預先知道裡面的狀況，波塞特和青鳥連忙把人拉進車子裡，讓琥珀先緊急救治，接著用最快速度把車開離這一區，筆直前往港區。

陌生男性受的傷比預期還嚴重，琥珀在用完所有止血藥物後，發現仍有不少傷口繼續冒著血水，一旁幫忙的大白兔怎麼堵也堵不住，整隻紅白夾雜著，看起來有點可怕。

翻出了造血劑和壓縮血液，既然血還是止不住，只能先盡快補充，不過出門時根本沒料到會遇上這種狀況，所以東西很快就見底了，不知道能不能撐進港區。

「要就近找藥師嗎？」這樣子也不能送醫院，所有醫院和科技藥物都受軍方控管，一進去就是找死。波塞特也不太清楚附近有沒有藥師，只能問問看了。

「附近有荒地的交易據點，可能會有藥師，我把座標發進車裡。」琥珀也想到一樣的事，已經先把位置確定好了。

確認了新目的地、動力車正要轉向之際，周圍突然竄起了一大片陰影，讓波塞特又不得不緊急切換手動模式應變，然後有點感慨地覺得——參加組織，一些奇怪的應變能力真的會變強，果然不是沒有原因的。

不過這次看起來並不是攻擊，只是單純要他們停下來。

接收到附近傳來的訊息後，琥珀立即按著正要應對的波塞特，「黑森林的人。」

仔細一看，翻出來擋路的黑影果然是一些藤蔓植物，於是波塞特靜靜地等待著，幾秒之後，出現了幾個身穿斗篷的人靠過來敲他們的車窗。

「我們收到反抗軍的求助。」領首的青年這樣開口，然後看向車內滿身血的男人，「如果可以，請直接將人交給我們。」

「你們隊伍裡有藥師嗎？」黑森林好像有很多綠能者，琥珀一邊固定著男人幾個骨折的位置，一邊問道。

「有的，請不用擔心。」青年稍微向後看了眼，站在後方等待的人走了上來，翻了下背袋，遞出些罐子給琥珀。

接過物品，稍微使用了下果然是止血藥物，朝著車內其他人點點頭，琥珀便讓波塞特打開車門。

青年鑽進車子後打開了治療用具，很快地先做完處理，讓男人的傷勢穩定下來。

「詳細狀況，蕾娜會再與你們說明。」確認暫時沒有生命危險後，青年這樣告訴其他人，「請讓我們將他帶走，黑森林會給予最妥善的治療。」

看他家學長和大白兔沒有反對，琥珀便讓開身，從善如流地讓黑森林把大麻煩帶走了。

如同來時般突然，青年揹起了反叛軍，黑森林的小隊立時消失於附近的樹林中。

呆呆地目送小隊消失，過了半晌，青鳥才驚覺另一件事，「糟糕，這樣核桃交代的事該怎麼辦！」

剛剛忘記問那個人簽收包裹啊！

「既然包裹沒主人，我們就拆了吧？」對那個東西很垂涎的波塞特完全不遮掩自己的好奇，「不過在那之前，先找間旅館把全部人都洗乾淨再說，尤其是兔子，看起來有點可怕。」

幾個人視線轉去，看見的是吸飽血水的大白兔，有點沉重地坐在一邊。

不過琥珀和青鳥，以及波塞特也好不到哪裡去，身上大都有斑斑駁駁的血跡。

確認的確沒有追兵、且四周都安全後，波塞特把車子一轉，進了最近的城鎮裡，花錢租了個附車位的單獨房間後，他便先脫掉沾血的外套，去弄些吃喝的和其他衣物。

雖然房間裡有烘洗儀器可以處理這些沾血衣物，不過爲了預防被聯盟軍記上或是拍攝到打扮，波塞特還是覺得去找新的替換比較保險。

在這段時間裡，幾個人輪流沖洗掉身上黏稠的血液，大白兔也乖乖爬進洗烘儀器，還自己按了強力洗潔按鈕。

從浴室出來換青鳥時，琥珀看見了已經又恢復完全純白蓬鬆的大白兔坐在床鋪上，背對著他，微微低著頭，似乎若有所思地看著掌上的東西。

「那是什麼？」

見大白兔沒有遮掩的意思，琥珀邊擦著頭髮走過去。

「這是方才那人……」將掌上半圓物品遞給琥珀，大白兔稍微描述了之前發生的事。

那是一片看來有點古老的金屬薄片，上面刻著許多圖騰紋路，大白兔拿到時已沾滿了血液看不出是什麼，剛剛水洗時順便把東西帶著一起進去洗過烘乾，現在才完全顯露出該有的樣子。

「這似乎是密碼片。」拿高金屬片襯著光看了下，琥珀就把東西放到手腕儀器上掃描，「解開之後應該可以得到訊……」

話還沒說完，他的儀器突然發出好幾個怪聲，接著綻出詭異的光澤和熱度。還未反應過來，一旁的大白兔快了一步搶上來，用力扯下手腕儀器扔出窗口；就在脫出的瞬間，儀器突然爆裂，勾出了很輕微的莉絲，立即被旅館自動啓動的防具微風吹散了。

「危險物品。」大白兔晃了晃兩根耳朵，盯著那塊金屬片與琥珀有點擦傷的手腕，「你沒事吧？」

「……沒想到第一次就是攻擊啊。」居然被個密碼片攻擊，剛剛一定是瞬間就下載了預先設定好的什麼攻擊碼，琥珀戰火完全被點燃了，「就讓我看看藏在可笑面具後的，是怎樣的眞面目吧。」

「呃、呃……」大白兔看著異常振奮的少年完全無視自己，從背包中甩出了新的隨

身儀器，逕自走到一邊去攻擊金屬片了，也不知道該不該提醒對方這是要給蘭恩家的東西，要手下留情不要破壞之類的……

過了一會兒，洗乾淨的青鳥蹦跳出來，接著波塞特也帶著一大包東西回來了。清洗過後，所有人圍到琥珀身邊。

「可以解讀嗎？」一邊咬著麵包，波塞特一邊為奮鬥中的孩子加茶水。

「可以，比我想像的還要容易。」叼著香噴噴的蝦串，琥珀聚精會神地盯著空氣中的大量暗碼，然後一個個排列。

只覺得滿房間都是發光的蟲字，青鳥越看越暈，乾脆蹲到桌子邊咬火腿。

又過了一些時間，就在所有食物吃空後，琥珀那邊再度傳來動靜。

「哼……」

不同的聲音讓有點打盹的波塞特和其他人立刻清醒，再度圍繞過去。

「原來如此。」看著完全破解的文字，琥珀環著手，稍微有點鄙視設定者，他原本以為很困難，結果才五層就全部解除了。

「藏寶圖嗎？」青鳥眼睛發亮地看著奇妙的文字，想到了傳說中、那些浪漫反抗軍的巨大寶藏！

不管是強盜還是反抗軍，都有獨立的運作資金，這些是絕對不可能放在聯盟軍的銀行裡的，通常都會祕密藏匿；有些反抗軍和強盜被剿滅了，就會落下這種資源和財物，會吸引一些人去舊地探查——如果沒有被聯盟軍挖走的話。

「並不是。」琥珀一秒撕爛了那張妄想中的藏寶圖。

青鳥有點被打擊到，眼巴巴地等待解釋。

「這是另一件物品的解碼程式。」琥珀嘖了聲，總覺得自從和這些處刑者牽扯在一起後，努力要剪斷的孽緣不但沒斷，還糾纏得越來越緊，隨隨便便都可以讓他們拿到這種東西。

「喔？反抗軍的主機程式嗎？」波塞特興致勃勃地也跟著猜了一下。

「那種東西需要用這種方式做密碼片嗎。」琥珀嘖了聲。

不，就是因爲是那種東西，所以才需要。幾個人默默在心中如此說著。

「這是那件包裹的解碼序號，學長你去把包裹拿過來試試看。」搶在其他人又想胡猜前，琥珀很乾脆地公布了答案。

原本跟著想要也說點什麼的大白兔頓時感到有些失落，自己也搞不懂怎麼回事，總之好像少參與到什麼的感覺。

「開了包裹沒關係嗎？」看著少年，大白兔問道。

「也可以不開啊。」琥珀倒是很無所謂。

「我想看裡面是什麼。」波塞特很誠懇地爲自己投下神聖的一票，既然鑰匙都到手了，反正沒有簽收人，不看白不看。

「我也想看。」拿著包裹進來的青鳥也興致勃勃地靠過去。

就在寶藏謎底即將揭曉的那一刻，外面突然吵鬧了起來。

互相對視了眼，波塞特靠去窗邊，打開了一條細縫，然後嘿嘿嘿地笑了。

「好多聯盟軍，有趣了。」

幾乎有點幸災樂禍地說完話，巨大的警報聲響了起來。

如同地獄傳來的號角，傳遍了第六星區。

第九話▼▼▼伊卡提安

「小波這傢伙是不是又放我們鴿子了。」

擦著桌子，在店面掛上休息牌子後，海特爾好笑地聽著佩特的叨唸，幾個店員都很習慣了，佩特只要一閒下來，就會開始嘮嘮叨叨波塞特的事，就連隔壁的小店老闆都能有樣學樣地來幾句。

大致上準備已告一段落的廚師走過去，和佩特有一搭沒一搭地聊了起來。

好不容易整理好全部桌子後，海特爾把抹布塞回圍裙裡，正要將下午有預約的桌面鋪上桌巾時，外面街道似乎傳來了吵嚷。

「好像發生了什麼事情。」

「最近港區也太多事……不會像第七星區一樣吧……」

靠在窗邊看著外頭，幾名店員有些不安地說著。雖然生活依舊，但許多事情在他們心裡已留下各式各樣陰影，尤其最近又發生飛行器和第七星區那樣的大事，就連平日熱鬧的港區人流都減了不少，原本應該一靠岸就立即被搶光的熱門貨物，現在仍有庫存。

即使巡軍依舊努力巡守，人還是會害怕。

沙維斯現在應該也是東奔西跑，忙碌得很吧。

揉著有點痠痛的手臂，海特爾嘖了聲，偏偏就是這種時候，他那個渾蛋弟弟還是跑得遠遠，到處亂晃蕩。

「打擾了。」

輪休的帕恩和歐斯克達推開了小酒館的木門，一前一後走了進來，邊和其他人打過招呼，「波塞特還沒回來嗎？」

「好像被事情耽擱了，說會晚點到。」幫他們整理了老位子，海特爾讓其他人去準備吃喝的過來。

「明明叫他不要跑太遠。」帕恩無奈地搖搖頭，希望不要在這裡又炸掉什麼才好。

「外面在吵什麼？」好像沒有停下來的跡象，聲音又更大了些，連海特爾都開始感到疑惑。

「似乎有污染者出沒、引起了騷動，巡軍已經在處理了，我們就不用特地出手。」畢竟陸地不是芙西的地盤，若沒有必要，帕恩和歐斯克達就如同其他船員一般，非常低調地過過好不容易有的休息時間。

他們並沒有什麼所謂的熱血，不管是哪個船員或護船隊，愛的都是白色的大船，而不是那種路見不平、人人拔刀相助的情操，他們沒那麼偉大。

「真奇怪，哪來這麼多污染者……」總覺得這幾天多到太詭異，海特爾邊想著晚一

點發個訊息，叮嚀沙維斯小心安全比較好。

「你……」

正要聊點什麼，帕恩和歐斯克達猛地臉色一變，兩人同時雙雙站起，連結芙西的隨身儀器發出了極度危險的赤色光澤。

接著，非常突然的大型警報聲像從另一個世界傳來，恐怖的聲響瞬間響徹整座港區，全數儀器同時中斷私人運作，全部強制連結上聯盟軍主控，並開啓了所有防具，原本還在營運的店面也全部強制中止交易。

所有人的隨身儀器都收到了緊急避難指引，來得突然又迅速；還來不及反應過來，外面的巡軍就已切換成引導隊伍，快速地把一般居民撤進最近的避難區域。

「怎麼回事？」除了四年前那件事，海特爾這輩子第二次經歷這種高度危險通報。

「果然來了。」簡略地看了下芙西傳來的訊息，帕恩拍了下歐斯克達的肩膀，「你保護小波的家人，我去支援。」

歐斯克達點了下頭，拉住了想要收拾東西的佩特以及海特爾，喊上了所有店內員工後，便從後巷跑了。

海特爾覺得很莫名其妙，也不知道爲什麼，打從心裡感到某種不安。

很久之前，那些人闖進他們家時也有這種感覺。

雖然感到很抱歉，但往前推擠、被帶進避難人潮時，海特爾趁歐斯克達一時分神無法顧及，偷偷繞出了街道，心一橫，就往反方向回去。

然後在下一個路口轉彎，直接撞上全身黑漆漆的人。

「滾開。」

冰冷的聲音從上方傳來。

連忙向後退開，海特爾看著身著奇異裝束的黑色小隊伍，大約是五、六人一隊，行跡詭異，身形異常高大，而且從露出的皮膚來看，像是污染者。

對方大概將自己當成一般逃難民眾，幾個人隨意橫了他一眼，其中一人低低地開口，用的不是現在七大星區通用的語言，但海特爾勉強聽得懂一些。很久以前，爲了求「那些人」，作以交換代價他也跟著學過一些。不過時間經過許久，已無法全部聽懂。

「別管一般人……沙里恩……找到……座標……亞歐莎德曼……」

海特爾愣了愣，辨識出幾個字彙後，心中霎時震驚；回過神時，那幾個污染者已惡狠狠地瞪著自己，這才讓他驚覺自己過分地看著對方，引起了注意。

「殺了。」似乎對於視線非常不悅，使用母星古老語言的人突然冷冷開口。

「等等，這是一般人，不是能力者，算了吧。」旁側人攔住他，雖然一樣遮蔽了大半面孔，但聲音聽起來非常年輕。

「哼！」

還未收回視線，一股重力直接將海特爾搧到一邊，重重地撞斷旁側籬笆。劇痛立即從身體各處傳來，等到他好不容易喘氣爬起身，那些污染者已經全部消失了。

海特爾環著疼痛的腹部、按著圍牆，跌跌撞撞地走進無人小路。街道上的喧譁越來越遠，聯盟軍控管的儀器不斷閃爍著最高等級警報要求所有人員撤離，取而代之的是軍隊緊急趕向港口方向。

他能聽見宵小趁機而出的聲音，幾個平常在街角探頭探腦的小流氓賊笑著鑽進了來不及關閉的商店，不斷掠奪昂貴的小貨品。

海特爾沒有一次對付那麼多人的力量，只能繞路避開，然後找到了港區中較高的建築物——賣海岸景觀的高級餐廳。

推開了門，認識的老闆和店員早就離開避難了，整棟餐廳空蕩蕩的，還未上桌的濃湯擱置在推車裡，桌椅凌亂，不少餐具掉落在地上，這是一樓平價用餐區。

沿著旋轉樓梯向上爬，在最高樓層有高級座位區可以俯瞰整個港口海岸。

他自己都不知道爲什麼，那種不安感擴得極大，有什麼東西逼近了第六星區，他幾乎下意識地知道這件事。

「別靠窗邊太近。」

正打算走出露台，後方突然傳來聲音，嚇了海特爾一大跳，原本因爲劇痛而有些渙散的心神立刻集中起來。他很確定剛剛上來時，這層樓沒有任何人，但現在卻無聲無息出現了陌生人、還是個男孩子，看起來不算大，十七、八歲左右，不過臉上成熟的神情與對方年輕的外表不太搭。

「很危險。」男孩友善地朝他笑了下。

對方似乎沒有惡意，就眞的只是在提醒他，於是海特爾也點點頭，再度把視線投向港區之外。

很快地，他便知道高危險警報爲何響起。

海平線的那端，出現了黑色的小島嶼，從這裡看去，也不過就是小石子般的大小，但卻逐漸變大，往港區靠近的速度異常快，幾乎可用飛速形容。

異變島。

聯盟軍一定是偵測到了島嶼可能會衝撞港區，才在第一時間發出避難警報。

整群整群的軍隊已訓練有素地排列在港口處，維護港區與附近城鎮的聯盟軍都趕來了，還有不少正在保護最後一批居民撤退。

看著已經變得有五、六倍大的移動島嶼，按這個速度推算，可能不用半個小時就會直接撞進港口區。

會像第七星區一樣嗎？

不，這次比第七星區好太多了，第七星區根本沒有緩衝時間。

高空飛舞的夜魅部隊掠過天空，瞬地盤旋在移動島嶼上，迅速將情報傳回岸邊。

大量船隻不斷離開港口，風水系能力者加快了撤走的速度，眨眼淨空了整片港灣，連芙西都迴避了出去。

就在移動島嶼已大到肉眼清晰可見時，海面上一個波動，數根巨大冰柱直接由下向上重重破水突出，不過島嶼只被撞擊了幾下，並未減緩速度，反而直接硬碰硬地撞斷那些冰柱，繼續向港邊衝撞而來。

「嗯……你們這邊高階的還趕不上啊？真的會撞到喔。」坐在後方桌上，男孩笑了笑，露出看好戲的表情。

「你也是能力者嗎？」海特爾看著後面的人，問道。

「算是。」

「你可以停下那座島嗎？真的撞上來會死很多人。」雖然不知道對方是哪種能力者，但海特爾還是請求幫忙了。

「……看來暫時不會撞上來。」原本打算說點什麼，男孩頓了下，笑笑地開口：「竟然給我亂搞成這樣，蘭恩你們這些渾蛋，哼哼哼。」

不懂他後面句子的意思，海特爾覺得對方大概在自言自語，便連忙再回頭看狀況。

已逼近內海的島嶼突然慢了下來，讓氣氛非常緊張的聯盟軍發出了小小的喧譁聲。

原本緊繃的空氣中傳來青草般的香氣，接著港區內的花草樹木開始抽高長大，海面下拉出了不知什麼名稱的暗綠色植物，不斷攀爬覆蓋到移動島嶼上，立即緩下了島嶼前進的速度。

沿岸不斷長出更多荊棘、爬藤，一層層深入海中，與海裡的植物交纏著，不用多久便拉出了許多像是防護網般的堅固阻擋物。

「泰坦來了。」海特爾鬆口氣，也明顯感覺到聯盟軍沒那麼緊張了，畢竟平常遇上熟識的港區聯盟軍巡邏時都有打招呼、甚至對方常光顧自家酒館吃飯；而他所認識的聯

盟軍大多不是能力者，在這種狀況下眞的讓人很擔心。

黑森林的能力者出現後，像是被引領般，更多來自不同隱蔽處的力量開始湧現，海上波湧逐漸回逆，不斷反向沖刷島嶼，一點一滴地將威脅再度推出外海。

本以爲暫時沒問題了，但警報並未停止，反而加劇。不用多久，就看見了海面上那些阻擋島嶼的藤蔓網正被某種東西破壞，而且還繞出了許多莉絲毒氣，周邊雖然不斷湧出水與冰隔絕那些毒霧，可製造的速度更快，逐漸有擴張的趨勢。

接著，移動島嶼的衝勢突然緩停，正在協助的能力者們可能也沒料到對方會突然停止，小島一時被推出一大段距離，發出了轟隆隆的詭異震動，居然就這樣裂開了。

就像前幾天在聯盟軍新聞頻道上看見的那樣，衝撞了第七星區後，裂開的小島中冒出了如同螞蟻般、數量極多的舊世代機組。這些事情在第六星區的海面上重演了，閃爍著橙色光芒的巨大機組跳上了藤蔓，拉出爆破的光。

不過第六星區也不會只杵著捱打，早就準備好的聯盟軍彈射出許多捕捉型儀器，拉開了網狀固定與風刃，直接覆蓋阻撓了那些機組，擋住眾多攻擊；同時其他能力者也再度激起了水或冰，團團困住更多儀器。

就這樣，僵持開始。

「嗯……來了更多，暫時看看你們還要搞什麼鬼吧。」

聽見這樣的自語，回過頭，海特爾發現那個男孩已消失了，也不知是從哪邊離開。

天空的那一端，幾隻飛翔生物高於漫天飛舞的夜魅，穿破雲層直接到來。

接著，眾多能力者甚至是處刑者，從天空降臨。

包括那個他弟弟無恥向他炫耀、現在應該是在第七星區的美少女。

□

「難怪黑森林這麼難被攻陷。」

警報聲響起後，琥珀聯繫上了黑森林，幾個人捨棄動力車，搭上了繞過來接他們的飛行生物；以極快的速度飛馳後，逐漸看見了正遭攻擊的港區。

摸著手下暗藍色、與紫櫻很像的半植物，波塞特嘖嘖說道：「再多幾隻就可以稱霸天空道路啦。」

「除了天風和紫櫻，目前這邊其餘的還無法遠程飛行，都尚在培育期。」帶領著生物的青年朝他們笑了下，「畢竟要找到適合『種子』的人並不容易，更何況是綠能者，沒有十年是飛不起來的。」

「如果蚚也可以這樣用就好了。」不過蚚是不能離開黑森林的，一邊讓琥珀快速打理，青鳥一邊覺得很可惜。

「可不是，抓緊了。」貫穿迎面而來的雲層，青年開始降低高度。

下方的海面上纏滿了荊棘藤蔓，從這裡向上看，隱約可以看見在更高的雲端上閃爍著天風美麗的光澤，但是看不見搭乘者。不過可以將海域搞成這樣，青鳥認爲泰坦一定就在那裡了……好想要簽名……好想看一下身材……

「學長，勞煩您等等出場，不要把口水也帶出去。」正要點口紅的琥珀眞想把化妝品插進對方的腦袋上。

「唔……」青鳥連忙擦掉口水，讓對方完成最後一道手續。

「差不多了。」一旁的大白兔看著底下正想搶上陸地、被擊毀的機組，「雖不知是何方在幕後引起一次又一次的攻擊，在下絕不允許第七星區的犧牲再現。」

「我幫你們安裝的震盪程式應該都會使用吧，機組可能與第七星區的有所差異，在攻擊這段時間裡，我也會開始入侵繼續更新，總之，我想島上應該有驅動這些機組的母體核心，只要連結上，大致就可以取消所有機組的指令了。」將手上的洋傘遞給他家學

長，琥珀很認真地交代著。

「如果沒有核心呢？」波塞特看著手腕上跑動的資料，很好奇地隨口一問。

「不是被打死，就是活下來啊，問什麼廢話。」琥珀很不友善地扔了回去。

「也是啦……」

被琥珀這樣一講，還真的很像在問廢話。

「波塞特也要下去嗎？」正要解開身上固定的繩索時，青鳥突然想起之前帕恩說過的話。

「當然，有趣的事情要參一腳。」反正今天穿的是便裝，被抓就說他是休假船員就好了，聯盟軍不敢為難芙西的人，波塞特興致勃勃地想要跟著玩一場。

「那，學長，如果有危險，就把他推出去受死就好了。」琥珀打開手腕儀器說道。

「小弟弟，你為什麼每次都要踢我出去擋刀槍啊～」老是這樣說，波塞特感覺有點哀傷。

「你自己知道為什麼啊。」琥珀冷哼了聲，把臉轉開，開始進行入侵機組的準備。

「為什麼啊？」青鳥歪著頭，很好奇地發問。

「……因為愛吧，因為我疼愛你們這些小弟弟。」波塞特望天，自己都有點無言。

早知道就不拐小孩了，現在突然要吐實自己的能力好像也哪裡怪怪。

「咳咳，雖然不想打斷有趣的對話，但是我們已經下降到可以落地的高度，還盤旋了兩圈，再不下去會被攻擊喔。」保持一段距離監控他們的夜魅部隊，眼神實在是很刺啊，青年只好先終止連飛行生物都在偷聽的微妙對話。

「青鳥弟弟，你落地沒問題吧？」雖然說是可以降落的高度，不過其實還是很高，波塞特瞄準了最靠近的建築物屋頂當作落腳點。

「沒問題！」

「那就出發！」

猛一半弧迴旋，大白兔首先跳了出去；接著是青鳥，看準了港區上的旗桿後，青鳥在落點前轉了半圈，緩衝了下穩穩地踩在桿頂上，這讓他更感謝帕恩他們了，芙西上那幾天，幫他把準頭練得越來越好了。

先出去的大白兔只慢了半秒，就停在附近的屋頂上。

不過沒看見波塞特，微微向上看了看，看見了飛行生物飛離港口，往島嶼處接近，青鳥才想到那傢伙八成想偷懶，要更靠近點才跳。

早知道自己也偷懶了。

看了眼港口，其實也不能說沒事，層層疊疊的植物下已出現了許多被纏繞的機組，每具都試圖想要衝破那些阻礙，不過藤蔓也不放棄地繼續纏繞，硬是將那些復甦的兵器壓回水中，讓岸上的軍隊爭取時間不斷破壞機組。

「我們就先從這邊開始吧。」大白兔與青鳥互點下頭，接著白色的身體一蹬，借力衝出港口。

看清楚衝出來的是什麼東西後，許多聯盟軍都愣了幾秒。

「學長，記得你的台詞。」

聽著儀器傳來的對話，青鳥嘖了聲，然後解開斗篷、露出底下華麗的洋裝；接著聽到下方傳來某種他自己都很不想形容的小喧譁聲……其實看到琥珀從車上行李裡頭拿出來時他還眞有點絕望，他弟弟到底是基於什麼考量才會隨身幫他攜帶這些變裝用品……

算了，認命開工吧。

「你們這些小搗蛋啊~可別太頑皮喔！」

□

那天的處刑者後援會快報大致上是這樣寫的。

異變島入侵襲擊第六星區時，大量能力者挺身而出，與聯盟軍共同抵禦威脅。其中最爲驚人的，除了黑森林外，就是前一日還在第七星區活躍的兔俠和瑞比特，竟然現身在第六星區的港區，在最前線不分區域地共同替人民百姓奉獻，後援會的粉絲再度激增，入會禮更升級爲豪華版的……

當然，青鳥到目前爲止還不知道事後會被傳成這樣。

輕巧地落在藤蔓上，同時重重向下揮出一拳，病毒順著手腕連結出去，瞬間震盪掉海中好幾架機組，失去動力的機組立即下沉，但很快又補上新的攻擊者。

青鳥冷哼了聲，再度收到他家可愛弟弟傳來的更新病毒，而且還是大範圍的，於是他調整好，再度補了第二拳上去；大片機組震盪後，掀起了波動漣漪，藤蔓鬆了下，底部機組立即大面積地消失許多。

大白兔偏過頭，另外那邊也是同樣狀況，顯然琥珀入侵機組的動作很快，已在編寫更多有用的震盪程式給他們，希望可以盡快找到異變島上的核心。

雖然沒有病毒程式，不過其他來援的能力者顯然也都有自己作戰的方式，在聯盟軍刻意不阻擋還加以輔佐之下，逼近岸邊與附近水面下的機組立即被清除大半，於是繼續向前推進。

看來應該可以很順利地撐住港區。

就在這麼想之際，天空突然散落許多白色花朵，看不出品種、只有指甲般大的小花，一碰到水面立刻融化，融開的粉末整片整片地凝結在一起、固定成形。

還不知道爲何泰坦要這麼做，青鳥突然感覺到不對，海底下似乎有什麼東西，整片水面開始向上翻漲，海浪變得極度不安穩，甚至在植物未覆蓋的區域已翻起了大浪。

「海上的人快撤離！」不知道收到什麼消息，岸上的聯盟軍緊急朝他們放出警告。

與不遠處的大白兔交換一眼，青鳥向上一跳，穩穩抓住朝他飛來的夜魅，讓對方將他帶上空中；大白兔也做了一樣的動作，很顯然，暫時支援他們的夜魅部隊接走了不少能力者，急速遠離海域。

從空中看，波動感更大了，而且不只港口，連外海的浪也整個翻高起來，甚至高達幾層樓，但還未進到港灣內就被其他能力者合力打散。

青鳥抬起頭，看見天風降低了高度，四周開始浮現淡綠色的霧氣。和莉絲的毒霧不

一樣，綠霧飄出來時，莫名給人精神一振的清爽感，身體也變得很舒服。

「瑞比特姊姊，我偵測到海面下有與異變島相似的訊號。」

反射性想要朝隨身儀器喊「不要亂叫」時，青鳥猛地想起夜魅還在身旁，嘖了聲，回應了琥珀：「相似的訊號是……？」

「下面還有一個。」

還沒參透琥珀的意思，抓著他的夜魅發出了嘯聲，接著與周圍其他夜魅部隊一樣，突然竄得更高。

就在高度提升同時，港邊發出了騷動，大量聯盟軍不斷向後撤離，原本覆蓋在海上的荊棘藤蔓完全被撞散開，海水底下出現了比芙西大了不少的大型陰影，速度非常快地突破了藤蔓層與那些小花凝結的防壁，挾著驚人的浪濤直接衝出海面；帶起的海水翻覆到岸上，瞬間淹蓋過一小片區域。

「請再撐著點，我們的隊伍即將到達。」拽著青鳥的夜魅突然開口說道：「請再堅持一些時間。」

夜魅才說完，那些被沖散的荊棘又開始生長纏繞，而且速度比剛才快上許多，幾乎瞬間便重新覆蓋了海域、包覆了小島嶼，原本正要裂開的小型異變島被迫重新闔上，只看到裂口不斷綻出機組的破壞光線，一層凝冰覆蓋上去，阻隔了莉絲擴散，一前一後整片海面無比壯觀。

青鳥偏過頭，才發現芙西的護船隊已出現在港口另外一側，估計是確定芙西安全無虞，就像當時在第七星區一樣，前來支援了。

這麼說起來，搞不好可以看到那個「炎獄」了！

青鳥瞬間有點期待，這場面可不是天天都能看到，來支援的能力者和處刑者雖然不如泰坦他們有名，但也有好幾個都是之前在同好會裡滴著口水想要簽名的啊啊啊啊——

不知道等等可不可以要看看。

還在思考這件事，底下的荊棘已成長得異常粗大，幾乎到兩、三個人環抱的那種程度，然後不斷向上推高，就這樣把纏繞的小島硬生生推離水面，戳到半空中上。

這畫面雖然看起來很壯觀、像某種異世界大戰，但荊棘戳著一團冰球島立在海上，看起來也相當荒唐可笑。

很快地，岸上海水被順導而出，差點被淹沒的鄰岸建築物在風水系能力者的協助下逃過了一劫。

既然泰坦與護船隊可以應付那座島，自己的工作自然就是那些已經開始銳減的機組，繼續爭取讓琥珀破解的時間。

向夜魅打了招呼，請對方把自己放下，青鳥快速接近那一大團冰球底下。近看更壯觀了，好像蓋掉了大半天空，整片巨大陰影籠罩下來，隱約可見厚冰層後的機組仍想掙脫出來，不斷釋放著破壞能量，到處噴出異色的光，但依然突破不了繼續增厚的凝冰。

自然系能力者真的很厲害。

青鳥邊處理殘餘機組，邊讚歎著那種強悍的力量，同時也確定了泰坦一定是頂端能力者，而且還是頂到天邊的那種，難怪可以讓黑森林茁壯成那樣，實在太恐怖了。

「學長，我找到核心母體了，就在你們那邊，發出指令程序的東西就在那顆丸子裡。」

青鳥頓了下，連忙避開機組的攻擊，「可以停掉嗎？」

「那些冰阻擋了訊號，我得靠近點才能完全連結上，不過應該沒問題，這是舊世代很平常的指令，不難破解。」

「不不，你不能靠近。」看著冰裡似乎變成了火球的顏色，青鳥連忙制止他家弟弟靠近，「你把病毒傳給我，我想辦法弄進去。」

「這……」

琥珀的話還沒說完，青鳥突然被往後一拉，他完全沒察覺自己被人近身了，還沒反應過來便被高高提起，冷冽的氣息直讓他寒毛豎起；他在看見沙維斯的臉放大同時，人也嚇到說不出話了。

「傳過來，聯盟軍負責破壞。」

□

「沙維斯閣下，已經讓一般部隊撤出港區了。」

黑色的夜魅在天空一轉，落到海面上時，轉變成青鳥曾見過的那名漂亮女性。

卡蘿快步走向他們，有點意外地看了眼被提著的美少女，搞不清楚爲什麼第七星區的處刑者會出現在這裡，不過情勢危急，就先忽略這問題。「維安部隊布置了全線防禦，可以放心動手。」

「嗯。」拔走了青鳥手腕上的儀器，沙維斯隨手把人拋開，直接朝儀器開口：「告訴我該怎麼做。」

「……很簡單，弄個洞，我就能透過你們那裡聯繫上母體；你只要把你手上的東西弄進那裡面就行了。」

「能成功，就保證送進去。」

「你送得進去，我就保證會成功。」

「行。」沙維斯轉過頭，看向青鳥：「立刻撤離。」

「呃呃……」青鳥不太想離開這邊，尤其是那顆冰球裡已經變得有點像包了顆太陽的樣子，讓他非常不放心。

就在躊躇之際，一抹黑色的東西從他側邊走出，嚇了他一大跳，而且仔細一看還眞的完全是黑的——一襲黑斗篷、臉上也蒙著黑布……

「伊卡提安！」青鳥震驚了！當場差點想把簽名本掏出來。

要知道伊卡提安和森林之王根本不露面的！幾乎沒有人看過他們的模樣啊啊啊啊啊啊！現在竟然有一個就出現在他身邊啊啊啊啊！

「哼。」似乎對伊卡提安有點不以爲然，沙維斯也懶得再開口，一旁的卡蘿見狀向後跳開，旋身張開了巨大的黑色翅膀，發出呼嘯，帶領著夜魅部隊撤出距離。

不知道會不會干擾到他們接下來的動作，青鳥連忙往後退開，眼巴巴地看著沙維斯和伊卡提安……兩個人用的兵器還眞有點剛好，都是長刀，款式不一樣就是。

確認了周圍人員都已離開後，看著上方的巨型冰球，沙維斯微微壓低身，在揮出刀刃的瞬間，一抹白光順著刀勢像雷電般急速劈開冰球底層，切出了一大道開口。

可能是因爲不斷釋放大量能源，冰球裡的島嶼外層已被高熱融掉，一出現開口，便從裡面流出岩漿般的液體，但瞬間又被冰凝結冷卻，變成了灰黑色的長條形狀；而接著滾燙的熱液再流出、再冷卻，不斷重複。幾具還沒被融解、可能有防高熱功能的機組就這樣順著熱液爬了出來，隱約可見包覆在更裡面、還未損壞的島嶼內層，機組橙色的光正要朝外發射時就被冰和荊棘覆蓋，擋下了攻擊。

雖然如此，但仍免不了一開口莉絲就跟著爆開的危險，急速擴散開的紫黑色毒氣就像帷幕般整片被拉下，雖然有淡綠色的霧氣進行稀釋，可還是跟不上莉絲爆發的速度。

短短時間裡，被沙維斯拿著的儀器發出大量訊號，聯繫上了冰球裡的某種東西；幾個怪異的聲響後，青鳥發現那些機組的攻勢竟然眞的緩了下來，有些動力還完全消失，就這樣從正上方砸下來；站在前面的沙維斯與伊卡提安倒是動作很快，幾個抽收刀的動作，那些掉下來的機組在砸到他們之前就已變成碎片，散落在四周。

也不曉得是不是自己的錯覺，青鳥總覺得他們出手的時機很有默契，幾乎在同時出手收手……眞是奇怪。

看了眼旁邊正在處理掉落機組的伊卡提安，在這當頭不想再衍生其他問題的沙維斯專心起自己的任務。雖然這狀況看不見島內母體在哪，但如果自己沒有理解錯誤，那名少年的意思應該是只要把儀器送進去就可以了，否則他該會給自己座標。

確認標的後，沙維斯直接將隨身儀器固定在長刀上，甩手連著儀器就將長刀急速射進那一大團融漿裡。

可能也收到了類似的訊息，在長刀沒入熱融漿裡的同時，凝冰尾隨而上，直接將刀推進了最深處。

他們並沒有等太久。

大約幾分鐘、伊卡提安削掉新一批落下的機組後，頂上巨型冰球裡顯然已開始有了變化，攻擊光一點一滴地減少，很快地，連水面下與外面的異變島嶼都失去了所有動力；不再有攻擊動作之後，冰球的冷卻力倍增，熱融就這樣被吞噬，所有泛著不善光芒的熔漿消失了。

幾陣風颳起，原本正在擴散的莉絲逐漸被壓縮集中，綠色的霧不斷變濃，慢慢稀釋了危險的毒氣。

看來自己能幫的忙似乎不多，青鳥仰看著已變成深色的冰球，還有覆滿海域的藤蔓，打從心底深深尊敬起這些出手幫忙的能力者。

尤其是泰坦，擁有這麼巨大的力量，長久以來居然乖乖被聯盟軍攻擊，明明可以逆襲的，眞是大好人啊……

正在青鳥發呆思考之際，站立著的伊卡提安突然有了動作。只見他長刀一揮，奇怪的銳利氣流斜切了出去，接著青鳥看見了很恐怖的畫面——頂上比芙西還大的冰球竟然就這樣被一分為二、發出轟然巨響，整個斷開來，周圍的藤蔓立即穩穩纏繞住。

裡面落下了沙維斯的長刀，鏘然一聲釘在海面荊棘上。

「走了。」

青鳥被震撼到，還沒反應過來，領子突然一緊，朝他走來的伊卡提安居然直接抓住自己後領，完全無視他一身會被吹口哨的少女裝扮，非常不紳士地就將他隨手攜帶般拖走了。

搞不清楚對方要幹嘛，只覺得整個人被往上扯，接著腳離地，回過神後青鳥發現自己已經被甩上了前來接應的飛行生物，剛剛不知打到哪去的大白兔也早就搭上便車。

接到人後，飛行生物就這樣翻高了修長的身體、鑽入雲端，在那邊等待他們的是更巨大的天風，以及一開始帶他們過來的青年與琥珀等人。

「剩下的，就是聯盟軍的事。」

第十話▼▼▼重回黑森林

離開港區後，以天風爲主的飛行生物隊伍直接甩開了原本想跟上的夜魅，一路往黑森林方向前進。

中途青鳥與大白兔更換坐騎，回到了琥珀和波塞特那邊，而伊卡提安也上了天風，就直接和他們分邊了。

「看來港區收拾得很順利。」一直在監控聯盟軍頻道的琥珀看著他家學長，順手抽出手帕，幫對方擦掉差不多快褪光的淡色口紅，「我把動力消除和解除指令後，那些東西已經完全不具攻擊性。不過也不能讓母體核心落入聯盟軍手中，所以我一起破壞了那個核心，清除裡面所有記錄，他們應該恢復不了。」

異變島衝撞港區的事並不單純，當初第七星區一撞撞出總長和團隊被強盜奪取的事，他們現在無法確定第六星區是否也會如此，所以琥珀並不想讓核心被任何一方拿走，完全破壞是眼下最好的選擇。

「在下也確定了這幾次所謂的『異變島』是何物了。」原本在第七星區就已經有點懷疑了，現在在第六星區看見完整的，大白兔更確認無誤。「這幾次出現的都並非島嶼，而是舊世代遺落的武器庫。」

「武器庫？」青鳥愣了愣。

「是的，數百年來因應各種戰爭，開發了各式各樣的機組，同時也有各式各樣的藏匿方式。例如將收納數百具的攻擊機組封存在大型武器庫中，僞裝成島嶼的樣子，置入海中，出奇不意地攻擊對手。」即使後來變成能力者和基因的戰爭，這些武器庫都還是存在的，因爲七大星區都是獨立島嶼，這種技術皆爲必備。大白兔頓了頓，繼續說道：「所以這幾起事件並非異變島衝撞星區，而是有人啓動了舊世代武器庫，攻擊星區。」

「咦，可是聯盟軍明明公告廢除科技時就已經全部處置掉……」

「聯盟軍的話能信，我們現在都已經在母星上了。」琥珀冷哼地打斷他家學長的話，「這些武器庫恐怕在海下還有很多，不知道被啓動多少了，也不知道有多少會對星區進行攻擊……等等再通知沙維斯這件事情吧，讓聯盟軍自己去應變。」

這樣說起來也是，先前琥珀他們的確曾說過黑島可能是實驗室的事，那麼部分僞裝成小島的武器庫仍在漂流也就不是什麼奇怪的事了。比較危險的是這些數量到底還有多少，當初七大星區是否各自藏了好幾手？或者那些家族檯面下還持續在做這些事情，妄想重新回到舊世代，想著要一統七大星區。

幾個人各自陷入沉思，連驅動飛行生物的青年也沒有開口，思考著種種事情。

過了半晌，波塞特突然打破沉默。

「那遲鈍的傢伙又在搞什麼！」波塞特罵了句，看著無法聯繫上的通訊感到火大。

「港區有部分通訊失效，我幫你搜索看看。」知道對方在擔心家人，琥珀分心開了另一個搜尋列，連上了當地系統查詢佩特與海特爾的儀器訊號。

「謝了。」

雖然認為應該不難找到，但一搜尋，琥珀才發現不太對勁，不但佩特的訊號不在聯盟軍撤離的安全處，連海特爾的都沒發現，儀器不知是被破壞或是關上，無法連結。

看了眼正在邊邊看風景的波塞特，琥珀調出了雙島出現前後、街道上的各種錄影和儀器行蹤記錄。

「發生什麼事了嗎？」青鳥拉著斗篷，靠了過來，「你的表情好像發生了事情。」

「……我沒表情吧？」琥珀冷冷開口。

「不不，你有時候多看別人兩眼就是有問題。」他弟弟都不知道自己偶爾會有作賊心虛的下意識動作嗎？

「……」

「波塞特怎麼了嗎？」該不會是想要把他推下去吧？青鳥看著青年的背影，嘖嘖地也有點想推。不知道為什麼，人的本性就是稍微有點壞，看到站在邊上吹風看風景的都想要踹下去試試會怎樣。

「他哥不見了，我正在查。」琥珀壓低聲音說道。

「咦？被捲入攻擊嗎？」

「不，看起來不像，他在撤離時自己跑掉了。儀器顯示最後停留在附近的景觀餐廳，就突然消失了。」追蹤到最後一個定點，琥珀嘖了聲，餐廳裡有防禦系統，所以沒有留下影像，裡面的客人和員工也早就離開了，雙方應該沒有交集，「不過……奇怪了，他和佩特都遇到同一批未登錄的……」

「等等，波塞特過來了。」青鳥敏銳地聽見移動聲，打斷了琥珀的話。

波塞特按著斗篷帽，拉著安全繩索走過來，「好像快到黑森林了。有聯絡上海特爾他們嗎？」

和青鳥對看了一眼，琥珀直接把剛剛的搜尋狀況告訴對方。本來以爲波塞特應該會立刻發飆，但意外地，他完全沒有任何反應，只淡淡說了一句：「我知道了。」

因爲太乾脆了，青鳥反而不知道該講什麼，幾個人就這樣沉默下來，一旁的大白兔也就繼續打坐。

就在集體刻意保持沉默之下，黑森林的樹景漸漸出現在他們前方。

□

「幾位請先進去吧，蕾娜小姐與月神已在裡面了。」

到達巨樹內部後，青年這樣告訴青鳥等人，隨即便有打扮相似的其他人前來領路。

這是青鳥第二次到這裡了，上次急急忙忙地離開，並沒有直接和泰坦照面，路過停留在一邊的天風時，巨大的飛行生物好像還認得他們，微微低下了頭顱，輕輕頂了青鳥肩膀一下。

接著他們繼續往先前那座大廳走，遠遠就看見蕾娜與露娜，甚至阿德薩都在，但沒有看見先到達的泰坦和伊卡提安等人。

「沒想到馬上又見面了，眞是讓人意外。」朝琥珀笑了下，阿德薩開口：「之前向泰坦提過你們的事，他很有興趣，不過剛才武器庫的事情鬧太大了，他需要點時間休息，晚點再進去吧。」

「你們知道是武器庫了啊？」波塞特邊打量著周遭環境，邊隨口說道。

「第七星區那時還沒特別聯想，但剛才那麼明顯，即使是一般人應該都可以猜到了。」伊卡提安那刀其實是在挑釁，阿德薩苦笑地搖搖頭，那位處刑者當時估計是打算切開武器庫，直接警告幕後操作者，他知道對方在幹什麼，也有能力當眾戳破他們的偽裝。

而且一方面也是給聯盟軍難看，畢竟不管是第六星區或是第七星區，聯盟軍都是想封鎖島嶼的，才會在第一時間撤走所有民眾。

不管是哪邊，伊卡提安似乎都打算得罪到底。

「你認為……」

正想問問阿德薩對於武器庫的看法時，琥珀停下口，注意到通道上出現了黑色的人影，接著根本看不到點什麼的伊卡提安就這樣走出來，他家學長的口水也差點跟著流下來了。

「你要離開了嗎？」走上前去，阿德薩詢問著。

「嗯。」

「自己小心點。」

「嗯。」

巴巴地看著傳說中的處刑者，青鳥很想把本子遞上去，但對方看起來全身散發著不

想被打擾的氣場，他也不好意思開口。

但是很罕見啊啊啊啊！難得的機會——

就這樣，青鳥看著伊卡提安從他面前走過去，接著突然停下腳步，轉向了另一邊不知在幹什麼的波塞特。

「嗯？」被看……應該是在看他吧？被看得很莫名其妙的波塞特也不太客氣地打量回去。反正之前在聽帕恩他們敘述時就已經對這個人滿好奇了，正好趁機會上看下看。

「請向帕恩問好。」

大致上就丟了那麼一句話過去，伊卡提安一轉身，準備離開。

「請等一下！」沒想到對方居然還會說這種話，波塞特連忙喊住傳說中的處刑者，接著拽起旁邊的青鳥，「不介意的話，幫忙簽個名吧！」

「咦咦咦咦！」青鳥整個驚嚇。

「……」伊卡提安沉默了。

「應該沒關係吧，反正大家都簽了。」直接從青鳥的懷裡把本子抽出來，波塞特微笑地看著對方，「就麻煩囉？」

「不方便也……」

青鳥話都還沒說完就瞪大眼睛，因爲伊卡提安眞的接過本子，一張一張翻著，最後在空白頁停頓了下，落筆簽字。

顫抖著手接過自己的收集本，青鳥呆呆地看著對方。

「你爲什麼不解開藏著的東西？」從黑色布料後傳來低低的聲音，讓青鳥愣了下，立刻回過神。

「什、什麼東西……」有點結結巴巴地看著對方，青鳥還眞的被嚇得不輕。

「就在這裡，不是嗎？」伸出了包裹著黑色布料的手，伊卡提安輕輕指向了青鳥耳後。

連忙往後退開，青鳥很訝異地瞪大眼睛。

「請到此爲止。」擋在青鳥前面，琥珀瞇起眼睛。

伊卡提安收回手、轉過身，再也無視其他人，就這樣直接消失在通道後。

因爲青鳥的臉色不太對，所以也沒人追問剛才伊卡提安莫名其妙的話。

左右看了下，波塞特注意到好像少了人，就隨意地開口了：「小茆呢？」

「小茆不知道跑哪去了，收到港區的消息後我們就直接和蕾娜聯繫，在半路上與黑森林的人碰頭，跟著來這邊集合了。」露娜聳聳肩，「估計也是前往港區支援，我們有收到她很安全的訊息就是。」

靠近了一邊的琥珀和青鳥，大白兔晃了晃耳朵，「在下有點在意港區目前……」

「目前港區已經封鎖了，聯盟軍正在處理善後，暫時沒有其他問題。」手邊攔截到一份聯盟軍向上呈的初步損毀報告，琥珀乾脆也發給了大白兔一份，讓他自己慢慢看。

看著琥珀和阿德薩與幾個黑森林的人湊在一起，互相分析這次的數據，沒想打擾他們的青鳥摸摸脖子、提著裙襬正想找個地方休息一下時，就看到有幾個黑森林成員盯著他看，而且好像還是流口水那種盯……他現在有點想懺悔，以後看人肌肉不要流口水好了，真的有點恐怖啊！

應該先把身上的妝容卸掉比較好。

不過琥珀在忙啊……波塞特好像也在想事情，應該還在擔心海特爾吧。

隨便把頭髮抄起來固定在腦後比較方便行動，青鳥想了想，先往另一邊通道走，想要去找剛剛讓他們搭飛行生物的青年，問問可不可以先把波塞特送回港區找人。

「請先留步。」走出一段距離後，一個黑森林成員追上來喊住他，「抱歉，可以請您過來這邊一趟嗎？」

「？」雖然不知道對方要幹什麼，不過青鳥還是跟過去。

那名成員帶著他走了一段路。

大約過了五分鐘，青鳥發現通道開始變了，本來與外面一樣是植物混合人工搭配的瑰麗建築，開始往深處走後，四周人工物品逐漸變少，連台階都變成排列整齊到微妙程度的枝葉，通道壁面則變成有點淡綠色的大面積植物……看不出來是什麼，只覺得顏色很漂亮，摸上去有層很舒服的細細絨毛。

空氣也越來越乾淨了，走著走著感覺到沁涼以及舒適感；四周開始出現一些小小的綠色點點，看起來像某種蜉蝣生物，但一摸就散，直接碎化成粉消失在空氣中。

「這對人體無害，請放心，這些東西在星球初始就已存在，一度滅絕後被泰坦重新復甦，現在還在培育期。」留意到青鳥正在戳那些小綠點，成員很友善地替他介紹道：「我們已經分析出本體有藥效，是極佳的療傷藥品，已經確實能使用在人體上。」

「喔喔喔！」琥珀應該會很有興趣！

不過到底要去哪裡啊？

就在青鳥疑惑之際，發現他們好像越走越偏僻了，完全看不到其他人，也沒有多餘的聲音……他們好像一直向下走，不知道是不是要到黑森林底部？

「差不多可以了。」停下腳步，成員轉過身，露出微笑。

「咦？所以到底……？」青鳥完全一頭霧水，雖然周圍看起來仍然奇特美麗，但他絲毫不懂對方的用意。

「你不用明白也沒關係。」

就在那瞬間，青鳥看見對方身後突然炸出一大片深綠色藤蔓，還來不及開口警告，那名成員就整個被捲進去藤蔓裡，一層層的大片葉子急速生長覆蓋，將人吞噬、拖進了植物裡。時間之短，他只能瞪大眼睛，一句話都說不出來。

所以現在是在食人生物區嗎！

要不要喊救人啊！

那瞬間想起了之前藤說過什麼被消化掉手腳、很慘很慘的事，他整個人有點抖……在這邊吃掉應該會被發現吧？

就在內心複雜糾結外加想要拔腿逃跑卻不敢逃的狀況下，剛剛吃人的植物牆壁突然又有動靜，被嚇到往後退開好一段距離後，青鳥才看見這次不是要吃人，而是牆壁突然打開一條通道，大小似乎剛好可容納自己過去，還貼心地出現了藤蔓台階……難道這是傳說中的誘捕嗎？剛剛沒吃到所以現在要再騙一次？

不知道用全力衝刺躲不躲得過……

就在這麼想的時候，某種東西從藤蔓裡跑出來了。

「嗶——」

愣愣地看著眼前。

青鳥一時不知該做何反應，在他面前跳來跳去的好像是某種藤蔓植物，但又好像是狗的樣子，和天風很類似的某種混合生物。

而且還一直嗶嗶叫。

「這是真的要進去的意思？」看著奇怪的狗在腳邊繞來繞去，青鳥有點害怕地看了一下階梯，那隻怪狗就向他嗶了兩聲，一跳一跳地跑上階梯了。

算了，做人要勇敢，既然都是在黑森林的領域裡，下場應該不會太慘……應該吧！

青鳥用力地吸了口氣，就跟著那隻狗走上台階。意外地並沒有像剛剛一樣馬上被吃掉，綠色的台階長長地蜿蜒，一路領著他向上，原本封閉的植物內部紛紛讓開一條路，讓他覺得非常神奇，好像是童話故事裡才會出現的幻想場景。

走著走著，有可能是因爲空氣乾淨、讓人很舒服的緣故，青鳥開始有點鬆懈下來。

大約走了一小段路，才驚覺自己應該與琥珀連繫一下時，他突然聽到某種很像是爆炸的聲音從不遠處傳來，距離很近，幾乎就在隔牆旁邊而已。

不知爲何，那個聲音讓他感覺很不祥，直覺不是好事；而且本來還悠悠哉哉在腳邊轉繞的怪狗整隻豎了起來，不斷刨著牆面。

青鳥當下打定主意，翻出藏在裙子裡的備用小刀，用力切開植物牆面，幸好奇怪的植物還滿柔軟的，而且沒有噴出什麼藤蔓還是汁液攻擊他，就這樣直接裂開。用力剝開大洞、硬是擠過去的同時，青鳥聞到很濃的青草味……也不是青草味，很像樹被砍倒時會出現的那種味道。

接著，他看見四周有許多被折斷的植物，有藤蔓有花草枝葉，還有很多奇怪的絲線，似乎被暴力衝擊折斷，有的應該是被剛才的爆炸炸開，上面還有小小的火光，不過卻沒有莉絲毒霧，取而代之的是一層層綠霧，稀釋掉那些破壞攻擊。

青鳥抬頭看見更多垂墜下來的線，地上的線應該就是從那邊斷下來的。絲線一排排像是簾子，連接的天花板頂相當高，大概有四、五層的高度；線摸上去很柔軟，握住放開後，手上會有一層淡淡的白色粉末，聞上去很香，留在手上一下便融開消失了，沒什麼異狀。

完全搞不懂這是什麼，正在思考該怎麼辦時，那些線突然自己上捲，讓出了一條路，直通內部的中心處。

嗶了聲，怪狗立刻往裡面衝進去。

遠遠的，青鳥看見有人站在那邊，比他高很多……可惡，先不管這個，總之有個人，但是個淡綠色皮膚的人，這讓青鳥很訝異，不過雖然說綠，但其實偏白，然後帶點淡淡的綠，看起來非常奇特漂亮。和藤一樣，這個人衣袍下露出的手臂、頸側上也有著美麗的刺青圖騰，不過是深綠色的，最後再加上一頭超級長、尾端都已碰地的白銀色長髮。

那個人周圍還有更多斷裂的枝葉和藤蔓，顯然剛剛爆炸的中心應該就是這裡了。

正要再往前走幾步，青鳥突然敏銳地聽見窸窸窣窣的聲響從四面八方湧上，接著看到許多與怪狗類似的奇怪小動物躲躲藏藏，各種顏色的眼珠骨碌碌地往自己這邊看，這讓他馬上停下腳步，就怕嚇到那堆怪怪的生物。

「沒事的，入侵者已經停止了，請上前來。」

背對著青鳥的人突然開口，聲音很好聽，不像是男性也不像是女性，是很中性的嗓

音，聽著很舒服。等他自己意識到的時候人已經往前走了很多步了，那些怪怪的動物似乎也覺得很新鮮，有幾隻就跟在他後面一段距離走來走去。

走近之後他才發現剛剛被植物吃掉的那個成員就躺在綠色皮膚人的前面，全身被藤蔓纏得死緊，也不知是否還活著。

「還活著。」

似乎看穿自己腦中所想，綠色皮膚的人轉過身，接著青鳥眼睛都跟著發直了——是個超級大美人啊！

與月神那種虛幻的美不同，眼前的青年和他的聲音一樣，擁有一種很難形容的中性美，感覺像是什麼精靈化身似地，五官優雅漂亮得不可思議，加上皮膚顏色和那些刺青、長髮，更讓青鳥有種好像在看藝術品的感覺；而且青年還有著一雙頂級寶石般的祖母綠深邃眼睛，現在正直直地看著自己……青鳥下意識抹了下嘴巴，還眞的流口水了。

微笑了下，也不管眼前少女打扮的孩子心神蕩漾到天邊還是海邊，青年再度偏過頭，看著躺在地上的成員，一邊有些綠色植物快速長了出來，把那個成員給推擠著半坐起身。

「請問，您是聯盟軍的人？爲什麼要對這個孩子起殺意？」青年伸出手，從一邊捲

繞的藤蔓接過了半毀的儀器，「這是爆裂型攻擊儀器，不是嗎。」

冷哼了聲，被捕捉到的成員一個字都不吭。

青年的問話讓青鳥瞬間從口水中回過神，「殺意？我嗎？」

「是的，在休息時，透過這些孩子們感覺到殺意，雖然經常有人混入黑森林，但是使用爆裂物品可還是第一次。」青年淡淡說著，然後伸出手，讓一隻小巧的白色鳥兒落在手背上，「請蕾娜過來處理好嗎，謝謝。」

小鳥啾啾叫了幾個好聽的聲音，就這樣飛了出去。

實際上青鳥也不是眞的腦殘到離譜，打從第一眼見到對方時，他多少猜到對方的身分了，「泰……泰坦？」

「是？」青年——泰坦再度轉過頭，看著眼前的少年。

眞的好美啊……爲什麼黑森林的首領會美成這樣，青鳥突然理解露娜想砸阿德的心了，這個威脅果然很大，大到他又快要流口水了。

再度抹抹嘴巴，青鳥咳了兩聲，連忙先把心思放到正事上，「要殺我到底……？」

如果泰坦說得沒錯，那麼剛剛這個人根本是要把他騙到偏僻的地方，爆炸應該也是要炸自己。換個方式說，他完全被泰坦撈了一條命回來。

「您自己沒底嗎？」

「還真沒有。」差點被泰坦淡淡困惑的表情給閃飛魂，青鳥連忙把飛出去的靈魂抓回來，「眞是奇怪，他也不見得知道我會來這裡啊……」

「這位已經混入這裡一段時間了，我想原本應該有其他任務吧。」辨識著間諜身上的徽章，那是蕾娜製作的，黑森林隔些時間就會有幾名志願者加入，所以蕾娜混入了植物和微系統製作了黑森林專用的徽章，方便彼此相互聯繫，不同時期的徽章會有所差異。泰坦確認了下，這名間諜進入黑森林至少也有半年時間，應該是在外圍擔任守衛。

還是搞不懂爲什麼，青鳥依舊一臉問號。

接著，第三者的聲音打斷了他們。

收到通知急忙趕來的蕾娜一看見地面上的混亂與間諜，大抵知道發生了什麼事。

「很抱歉，竟然在你身體狀況很差的時候……」

「沒關係，沒有人受傷就好。」泰坦微微笑了下，在植物編織出來的長椅上落坐。

「咦？你很不舒服嗎？」的確有感覺青年剛剛講話時有點有氣無力，青鳥還以爲這是他原本的講話方式。

「剛剛在港區你也看見了，使用那麼強大的力量，必須好好靜養一段時間才行。尤其對泰坦來說，現在的世界到處都是毒與污染，他不太離開黑森林也是這個原因。」有點不悅地橫瞪了間諜一眼，蕾娜說道。

「眞的很對不起！」青鳥都不知道原來對方那麼不舒服，竟然剛剛還救了自己。

「請不用道歉，是蕾娜說得太誇張了。」拍拍小孩的頭，泰坦溫和地微笑著，「只是，我的確需要一些時間稍作休息，關於這位入侵者的事，就讓蕾娜幫幫你吧。」

「謝謝你！」

看著蕾娜攙扶泰坦進入紗簾後的其他空間，青鳥等了一會兒，安置好後，蕾娜就扛起那名間諜領著他出去。走過一條寬大、同樣不可思議的綠葉通道後，迎接他們的是好幾個衛兵；將間諜轉交給對方、交付此事務後，蕾娜就帶著青鳥回到一開始的大廳。

所有人依舊還在原地，不過看起來手邊的事情都告一段落了。

「學長！你跑去哪裡了。」

一看見蕾娜把人領回來，琥珀快步跑上前。

「……看森林精靈。」青鳥還有點意猶未盡，同時也想起來自己又錯過簽名時機，眞讓人扼腕！

「……啥？」

□

把剛才的事向其他人解釋完後，青鳥就看見他家學弟又陷入沉思。

「難道你眞的沒個底嗎？」環著手，波塞特挑起眉，「說不定又像之前在島上一樣？」

「這個我也不確定……」說不定眞有這種可能，但青鳥也不是很確定，尤其對方看起來不像第四星區的人，當初在小島上攻擊者有特徵，所以很容易分辨。

「不過，沒有受傷眞是不幸中的大幸。」晃著兩根耳朵，大白兔如此說道。

「對啊對啊，眞的很感謝泰坦！」青鳥一想到剛剛的青年，又有點流口水。不過這次他回神回得很快，想起了自己當初離開大廳的原因，「對了，波塞特你……」把剛才想要請黑森林先送波塞特回去的事告訴其他人，以及處理完事情、朝他們走來的蕾娜。

「這沒有問題，立刻就可以啓程。」說著，蕾娜召來衛兵，讓後者先去準備。

「看來反而是我給你們添麻煩了。」波塞特抓抓頭，有點不好意思。

「如果不是因爲我們，波塞特就不會遇到這麼多事情，你快點回家吧。」青鳥連忙推著對方，「不用擔心我們，我和大俠會照顧琥珀也會自己小心。」

「那就有事聯絡啦。」的確非常想趕回去，波塞特也就不多說場面話，接下了好意，稍微整理隨身物品後，衛兵就來領他前往搭乘飛行生物。

送離波塞特後，蕾娜才走到幾人面前，先轉向了青鳥和琥珀這邊。

「關於反抗軍那位，剛剛收到消息，藥師已經將他穩定下來了，並沒有生命危險。但是，藥師發現聯盟軍給他注射過不安定藥劑，可能已損傷腦部，現在正在努力修復中，清醒時間也無法確定。」蕾娜頓了頓，繼續說道：「我們與這支反抗軍有簽署合作聯盟，雖然只是物資與情報上的交換，不過有承諾過會在危急時施予援手……請問那位在失去意識前，有交代什麼事情嗎？」

其實交代了鑰匙，而且他們還差點打開包裹了，只是被港區的事件打斷，包裹現在還藏在琥珀的隨身行李中。青鳥看了看大白兔和他家弟弟，決定讓他們開口。

「他只提到要找蘭恩家。」琥珀面不改色地看著女性：「具體的情況，可能還是要等到他清醒才知道，黑森林與蘭恩家有辦法聯繫嗎？」

「無法直接聯繫。」站在一旁聽他們對話的阿德薩笑笑地插入話題，「不管是黑森林或是月神都沒辦法直接聯絡，泰坦在某些條件下或許可以，其他人不行，我們所有的聯絡都是透過伊卡提安。」

「是的，蘭恩家只願意與伊卡提安聯繫，我們會聯絡對方這件事情。」蕾娜邊說著，邊用隨身儀器發出了訊息。

在蕾娜通訊與和阿德薩交談時，琥珀拽著他家學長和兔子，把一人一兔拉到角落邊，「我剛剛向他們借了通訊設施，確認可以聯繫上第七星區，聽說那邊的狀況也不是很好。」

「可以直接聯絡上黑梭嗎？」始終很想找辦法趕回去的大白兔有點擔憂，雖說第六星區眼下也正處於危險時刻，但這裡的人完全有自己的應付方式，即使不介入也可以壓低損傷。

「如果他還帶著我幫他組好的主機，應該馬上就可以聯繫了。」因為是出自於自己的東西，所以琥珀有內設聯絡捷徑，也方便自己有機會時，偶爾可以去逛逛內容物和更新。「那麼就別浪費時間，先去通訊吧。」既然泰坦也不是馬上可以見客，手邊的交換資訊也都處理得差不多了，他就不想在這邊繼續乾耗。

「嗯。」

取得共識後，他們先向蕾娜報備，後者讓人領著他們去獨立的主機室，還貼心地撤

出裡頭的人，讓他們可以安心自行使用。

踏進主機後，即使是對這方面比較不了解的大白兔也可以看出來，黑森林的「頭腦」層級比兔俠的要高上很多，不但主機有許多部，設備也相當新穎，各式各樣的分析數據不斷跑動著；剛剛被暫時遣出的人員顯然也有幾位是正式工程師，如阿德薩一般的存在；只是程度或許沒有阿德薩高，才群體作業。

「黑森林有一部分連線是透過運用各種生物電波、包括植物，所以能躲過聯盟軍的阻擋。」一名暫時留下的青年這樣告訴他們，「泰坦能獨立出那種微電波，所以建構了許多聯繫網，算是綠能者的特殊能力之一，似乎也有其他組織會這樣使用，但是沒有黑森林這麼廣大，聯盟軍手上可用的數據也僅只些許，幾位請安心運用，有問題可以隨時告訴我們。」

青年退出後關上門，室內就剩他們三個。

稍微看了下設備，琥珀從手腕儀器拆出微型卡片，選定了其中一部主機，直接將卡片插進去；環手等了一會兒後，直接接管了那部，本來空白的空氣畫面直接分裂成數個，開始急速閃動著光與數據。

像這種組織肯定都會有監視程式，他並不想破壞黑森林的程序，但也不想讓自己的線上活動被監控，琥珀想了想，決定先拉出暫用的虛擬空間，複製了連線資料和必要的數據獨立出來，再開始做聯繫。

「你們兩位就先稍等一下吧。」

第十一話▼▼▼隱藏的檯下

他從黑暗中悠悠轉醒。

意識重回之際，有瞬間整個思考都是空白的，不理解自己看見的爲什麼會是白色的天花板，以及嗅到淡淡香味的空氣。

接著才注意到自己躺在室內，還是在床鋪上，蓋在自己身上的是米色軟被。

「唉呀，醒了，先不要亂動喔。」輕輕柔柔的細語從旁邊傳來，接著是帶有藥草香氣的柔軟手指小心翼翼扶起他頭部，在下面墊了塊東西，某種冰涼涼的東西靠到他臉邊，「先吸口氣。」

聽著話吸了口氣，是濃郁的香草氣味，瞬間整個人完全清醒過來，也發現自己身在陌生的環境裡，身邊還有個不認識的女性，「妳是……？」

「噓，別緊張，這裡是非聯盟軍的藥局，是沙維斯先生送你進來的。」移開了手上的瓶子，女性輕聲說道：「你的背後和頭部受到撞擊，所幸沒有大礙，再稍微躺一會兒就能幫你治癒了。」

「咦？」

「你不知道嗎？嗯……海特爾？抱歉我們關閉了你的隨身儀器，因爲這裡不希望被聯盟軍探查到。」女性頓了頓，繼續開口：「沙維斯先生送你過來時，我們發現你曾經重力撞擊過什麼東西，傷勢不輕，幸好送來得快。」

閉了閉眼，海特爾回想起來，自己的確是被污染者攻擊後就一直覺得很不舒服，港區遭受攻擊後，他的意識差不多停留在第二島出現那時，後來的事就沒記憶了，看來是昏了過去。「沙維斯閣下送我來的？」

「是的，詳細狀況我不太清楚，似乎是聯盟軍發現之後，沙維斯先生就單獨把你送到這邊來，吩咐我們立刻封閉儀器，避免被追查。他特別囑咐我們不要讓你接觸到聯盟軍的醫療。」女性微微一笑，「我是行者藥師，潘。」

在女性的幫忙下，海特爾坐起身，環顧了四周。是間很乾淨的房間，白色的牆面與一些看起來很可愛的小裝飾，還有些綠色景觀植物，給人舒服放鬆的感覺。

從這邊似乎可以聽見海潮聲，看來離海邊滿近。

「這裡是第六區的東一側，離港區稍微有些車程距離，送你過來後，沙維斯先生就趕回去了，這次港區事情不小，聯盟軍得花很大的工夫收尾。」潘幫海特爾墊好背枕後，就走到一邊的小桌前調製藥劑，「目前，沿海一帶已進入封鎖警戒，你如果有家人親友在港區的話，應該也都進入避難集中區，需要替你聯繫嗎？」

佩特應該有安全跟著撤離吧？

這次偷跑，回去可能會被痛罵……估計還會被痛揍。

不過那些污染者爲什麼會知道佩特的舊名？

「亞歐莎德曼」的確是佩特在來到第六星區前的名字，當他和波塞特在黑島上被救出時，她如此介紹自己，之後與船長接了他們兩兄弟、在這裡定居下來後，才換上了新名字。

而沙里恩是波塞特那位湖水綠朋友的姓，爲什麼會和佩特的名字湊在一起呢？

「可以幫我聯繫……」把佩特的名字和區域告訴對方，正常疏散時，每個區域都有固定集合中心，要找人應該不會太難。在對方點頭離開房間後，海特爾看著屋內的小花草開始思索著那些不懂的語言，想要再試試能否找到其他熟悉的字句。

……等等，剛才那位女性藥師的確說了這裡是隔絕聯盟軍的地方。

那麼其實沙維斯並沒有他們想像的那麼和能力者作對囉？

的確，他和一般大眾一樣，對沙維斯的印象都來自於其他人的談論、同好會與聯盟軍頻道，所有言論都指向他極其嚴肅、對能力者毫不留情，甚至月神都吃過不少虧，以及獵殺過不少能力者。

但是他卻可以自由來去這種排斥聯盟軍的地方？

「我幫你聯繫上那區的聯盟軍，告訴他們你因為走散所以暫時在一般民居等待到警戒解除，他們會將口信傳達給你的親人。」

端著木盤，潘推開門，邊說著：「這樣你就可以先放心吧。」

看著忙碌整理藥物的女性，海特爾思考了下，決定還是把事情問個清楚，「請問您與沙維斯閣下是……？」

停下了動作，女性轉過身，露出淡淡的微笑，「沙維斯先生是我們的患者之一，從以前開始，只要在第六星區需要藥師，他就會到這邊報到。另外，我們也經常委託沙維斯先生在各地幫我們尋找些罕見藥物，這樣的關係已經很多年了，雖然他現在是聯盟軍，但是這層友好不會改變。」

「可是沙維斯閣下在聯盟軍裡對抗的是能力者……」

「關於這個，實際上是如何呢？」端著藥盤在床鋪邊坐下，潘開始準備替換下一輪新藥，「完全控制了公共頻道與新聞走向，就連檯面下管道都有不少，聯盟軍要怎樣塑造一個人的形象似乎很容易呢。而人，只要印象一固定，就連能力者都會不多問地直接下重手，硬碰硬的結果，通常不算太好。沙維斯先生不會平白無故抹滅對方，只能說這是操縱資源的結果了。」

「這到底……」聽著女性的話語，海特爾知道她的意思，但是爲什麼聯盟軍要這樣掐著沙維斯？

「剛剛我已經說了，沙維斯先生是我們的『患者』。他至今仍在接受治療……不過他的傷害很可能再無法痊癒了，我們可以治療還在的損傷，但無法治療已經不存在的部分。」嘆了口氣，潘有點哀傷地看著青年，「至於沙維斯先生是不是眞的殺了那麼多能力者，你眼前的我，也早已經是他的刀下亡魂，我的名字曾經在聯盟軍的名單上，現在已經消抹，成爲永遠的死者。」

「……潘．兀塔？」剛剛海特爾還只覺得這名字似乎在那裡聽過，不過因爲很平常所以沒有放在心上，但是現在他猛然知道對方的身分了。聯盟軍公告處決的反抗能力者中，的確有這麼一個女性名字，當時被冠上替反抗者後援的名義，遭到沙維斯帶領的隊伍剿滅。

「聯盟軍公告中，罪行重大、替許多通緝犯治療與提供庇護的藥師。實際上，就只是個行者藥師。」潘慢慢地開口，說著的似乎並不是自己的事，「如同那些通緝犯，很有可能有幾位僅是拒絕聯盟軍招募的高階能力者，便得到了危害世界的禁忌能力之名，加以封鎖或抹殺，不管是在哪個星區，皆然。」

「沙維斯閣下遇到的究竟是什麼事？」

室內的空氣在那瞬間完全靜寂下來。

過了好一段時間，女性才緩緩開口——

「他……」

□

地面上的淺淺水灘平靜無紋，好像早先的劇變都只是幻影錯覺。

回到了港區已是深夜。

波塞特謝過了帶他回來的黑森林成員，送走對方後，便先和芙西聯繫，帕恩與歐斯克達還未回到船上，似乎也失聯了。在兩座小島衝擊後，芙西有幾名留在岸上的船員都暫時失去聯絡，部分原因是因爲港區的聯絡網被破壞，或與聯盟軍接管有關。

如果當時帕恩他們有在酒館，那麼一定會有一個人保護海特爾和佩特，從琥珀給他的記錄看來應該也是如此。在海特爾最後的訊號分開後，歐斯克達的確保護了酒館所有員工和佩特順利到達安全地點，之後便離開了聯盟軍集中區域，看路線應該是要再返回搜尋海特爾；接著島嶼破水後，訊號就消失了。

歐斯克達，芙西會有專人搜尋，且對方完全有能力保護自己；相較之下，在進入安全區後，佩特卻反常地離開了那裡。

從琥珀幫他收集的資料看來，海特爾曾遇到一批未登錄系統，之後佩特離開安全區竟也碰上了這批一模一樣的系統，而現在他們正在自己從小到大居住的小酒館中。

「在搞什麼啊……」

踏過水窪，波塞特在黑暗中走上回家的路。

港區於今天一戰後已被劃入高度危險警戒區，現在這樣地逛大街其實是不被允許的，如果被聯盟軍逮個正著，估計就算是芙西船員也會受到懲戒，不過好在琥珀給他的偵查程式很好用，可以在黑暗中警告他哪條路上還有聯盟軍，讓他盡量避開繞路，這樣一路走來竟還真的都沒有撞上。

原本白天還稍有熱鬧的港區，現在宛若死城，在黑夜中連一點活人的氣息都沒有，只有遠處傳來的海水聲，以及風呼嘯而過的空蕩迴響。

走了一會兒，終於走回熟悉的街道上。

波塞特斂起氣息，靜靜從酒館後的小路接近建築。雖然離港口有些距離，但這裡多少也被海水波及到，原本種植得很漂亮的香草和小花也全都被打散枯萎，地上還有未乾的水漬，之後肯定要花好一番工夫整理吧。

不過，那也都是之後的事情了。

酒館中有些微燈光，很黯淡，是刻意被壓到極低的光色。

人數大概不太樂觀，自己身上也沒太多武器，幾件可以自我保護的發射性儀器也在白天協助港區時用光了。

算了，就這樣動手吧。

從酒館暗門摸了進去，果然看見有幾個鬼鬼祟祟的傢伙在酒館裡走來走去，還四處翻找物品，不知道要做什麼。

無聲地移動腳步，換了位置後，他看見佩特站在後方的廚房裡，有兩、三個看起來很不友善的黑衣人正在看守她，但並沒有被綁縛。

佩特認識這些人嗎？

從琥珀查到的訊號看來，佩特和這些人幾乎是碰面沒多久就一起離開，似乎沒有經過打鬥或是脅迫。

「我都已經說過當初並沒有得到那些東西，你們就算把這裡拆了，也找不到。」環著手，佩特露出有點不耐煩的表情，說道：「孩子們也不記得任何事情。我不知道那些事情你們從哪裡聽來的，但是這裡的確沒有你們想要的東西。」

「這些事情由我們確定，再囉嗦，當心我們手上的人。」冷冷地回了佩特這麼一句話，黑衣人就無視佩特的怒氣了。

冷瞪了對方一眼，佩特哼了聲，同樣也不再開口。

把那些短暫對話聽進去的波塞特抓抓臉，聽不出個所以然，但是佩特的確有一些他們不知道的事情……她看起來完全不意外這些人的出現，爲什麼呢？

等待了一會兒，那些陌生人顯然沒有找到要找的東西，全都聚集了過來，用一種他好像聽過、但又很陌生的語言互相交談起來。還在思考那些好像曾在哪邊聽過的語言時，那群人已經交談完畢，同時一旁的佩特似乎也有點不耐煩了。

「我已經沒有聲張地跟著你們過來，將我的孩子還給我！」

「……！」

「誰在那裡！」

聽見輕微聲響後，室內的人們全都警戒起來。

確定了幾個人的定點位置，波塞特在其中兩人走過來的瞬間先發動了攻勢，一拳撂倒一人，奪下了武器放倒第二個。

雖然沒有歐斯克達他們速度那麼快，不過快速攻擊的訓練他也沒少做過。用熱能震斷了後面幾個人的骨頭，波塞特免去大量正面交手的麻煩，很快底定了廚房內的混亂。

「還有幾個？」將手上的武器拋給佩特，波塞特檢視地板上幾名無法動彈的人，幾乎都是污染者，不過不是擴散型，所以他也就放心地搜出幾個可使用的應戰儀器放在自己身上。

「外面還有三個人。」佩特連忙走上前，「他們一出現就說你哥在他們手上。」

「哼。」

琥珀說過這些人當時和海特爾的儀器訊號有相碰，但很快就各自離開了，這些人並沒有出現在最後消失的地方，而是直接找上佩特，估計很大的機率是胡扯。

但也不能排除他們沒有其他隊伍。

摸黑出去解決另外三人後，波塞特直接把所有人綑在一起，從裡面揪出顯然是頭頭的傢伙。

「你們到底要幹嘛？」蹲在地上與對方平視，波塞特一邊把這邊的狀況大致回覆給

琥珀，讓他幫忙檢查附近還有沒有其他相似的污染者。

仔細地看清楚波塞特模樣之後，被抓住的首領並沒有發怒，反而轉過頭，盯著佩特冷笑了，「這不就出來一個了。」

佩特愣了愣，瞬間意識到自己犯了錯誤，「小波！快點離開這裡！」

「妳眞以爲我們只是在找那東西嗎？」

話語落下那瞬間，屋內突然拉出了許多光網，瞬間將所有人困在原地。

「……你們到底是誰？」雖然不清楚先前佩特和他們說過的那些，不過波塞特可以確定這些人有一半的目的可能是衝著他和海特爾來的，也可以確認海特爾不在他們手上，否則他就不會說「出來一個」，而是「都到了」。

「你還記得，『島』裡的事情嗎？」

「！」

「小波，不要動手。」感覺到自己的孩子露出強烈的殺意，佩特連忙喊道。

握去了手中的低熱，波塞特按下怒意，先發個訊息出去，接著冷冷地看著那名首領，「你們以爲我們還會和當年一樣，完全無法反抗嗎？」

「當然不是。現在，如果你們回來，未來這個世界也有你們的一份。」看著波塞

特，首領頓了頓，繼續開口：「想要什麼都不是難事，只要用你們的力量……」

「啊，這種話聽起來果然還是很像大壞蛋在招募同伴時用的，可以解除了嗎？弟弟們。」打斷了大壞蛋的話，波塞特懶洋洋地說道。

「……你應該讓他再多說點。」從波塞特的手腕儀器傳來冷淡的聲音，清晰得讓室內眾人聽得一清二楚，「大壞蛋講著講著，就會開始說自己的目的。」

對話過後，是連串的嗶嗶跳動聲，連倒數都沒有，屋內幾個定點傳來了喀喀的細小聲響，那些光網就在那瞬間被解除，整個房子再度黯淡了下來，只剩微弱的光。

「這樣說好像也是，應該讓他們繼續說自己的目的，不過這類的大壞蛋接下來說的差不多都一樣，肯定是什麼『用你們的力量一起改變世界』或是『征服世界』之類的。」用力拉了拉筋骨，波塞特好笑地與遠在黑森林中的男孩對話。

「也是。」

「啊，不過我也是很想改變世界的，只是方向和你們有點差異。」

走過佩特身側，波塞特居高臨下，面無表情地看著地上的污染者們。海特爾一直希望的是離開那個地方後，忘記過去所有事情，重新和他們過著生活，安安靜靜、平平穩穩地過完一生。

他希望的則是他的家人，永遠都不會再和這些事情扯上關係。

「我想改變的，是我們的世界。」

□

「趕上了嗎？」

青鳥看著他家弟弟，在通話完畢後立刻發問。

「嗯，我幫他解除了周圍所有陷阱儀器，幸好不是什麼特殊儀器。」

和第七星區的黑梭聯繫上後，原本正要就這次異變島的事做個討論與情報交換，都還沒講到什麼，琥珀就收到了波塞特的緊急訊號，所以他先讓兔子和黑梭討論，自己則是另外開始搜尋波塞特所在位置的狀況。

果然如他所料，波塞特直接找上了那批和佩特接觸的污染者……應該說那些人也在等他吧。

既然那邊暫時沒問題，琥珀也就先按下，目前自己這邊還是著重在黑森林這些事務；況且波塞特也不用他們太過擔心，那人根本實力很強一直在裝死，比較起來，他家學長還比較弱呢！

總之，波塞特自己知道該如何處理。

「那邊沒問題了嗎？」

停下和黑梭的對話，大白兔晃了晃耳朵，看著轉回來的青鳥和琥珀，有些關心地詢問：「是否需要在下……」

「沒事，有事的話他會再找我們。」琥珀拉過木椅坐下，然後按按稍微痠痛的肩頸，一天下來事情還真不是普通得多，都有點想睡了。「他也有聯絡芙西，應該很快就會有他們的人去幫忙了，先把精神放在這邊吧。」

「嗯。」

重新把目光放在拉開的聯繫畫面上，除了黑梭外，一旁還站著北海，兩個人精神看起來都還算不錯，不過臉上貼著速效型恢復的藥布，看來這幾天沒少過幾次硬戰。

「剛剛和兔子說了，你們離開之後，我們陸續撤走許多相識的能力者，幸好訊息發送得及時，藤也幫了不少忙，曼賽羅恩潛進聯盟軍做了不少牽制，所以犧牲並不大，只有幾位顧及親友，所以被聯盟軍擒住，死傷還在預算範圍中。」黑梭頓了頓，這樣告訴他們：「現在正在一邊追蹤強盜團的動作，一邊計畫將那些被關押、還未被處置的能力者救出。這段時間我們也製造了兔俠與瑞比特仍在第七星區的假象，至於今天兔子和青鳥出現在第六星區這戰，大概會讓他們有些疑惑混亂吧。」

「第七區現在島內狀況呢？」大白兔思考了下，發問。

「全島實施宵禁，天黑後強盜出沒狀況嚴重，聯盟軍疲於奔命，已經傳出部分村鎮被襲擊破滅的消息了……狀況會越來越惡劣。」黑梭嘆了口氣，知道這是必然會發生的事。第七星區被強盜團接管後，明的還是聯盟軍的樣子，暗地卻已經開始調動軍隊；在檯面上公告的是要重新集結編列，卻把大批隊伍分成許多小隊，散布到不同點，在無法有效抵禦強盜、海盜之下，軍隊消耗速度非常快，但遞補的速度也不慢……不過遞補上的差不多都是牛鬼蛇神了，「他們想要用最快的速度把強盜聯盟換進第七星區裡。」

「這種速度更證明他們的策劃不是一、兩天的事，要擋也很難了。」大白兔也瞭然現在的狀況，在那邊不管是能力者或處刑者們，再怎樣盡力都已經難以阻擋，估計其他六星區應該也多少都由自己的管道知道了這些事情，就不知道是哪一區會先出手，然後再度引起戰爭，這是他們完全不樂見的事，也很可能就是強盜團要的最終目標吧。

「我和藤、曼賽羅恩討論過，經過黑森林的管道先聯繫看看荒地那邊的想法，如果荒地出手，說不定還有機會。」雖然這樣說，黑梭自己也沒多少把握，畢竟行者、尤其

是荒地和蒼龍谷的行者們都是因爲厭惡聯盟軍才離開星區；百年前的戰爭，實際上行者們參戰的並不多，來的大多都是以救助普通百姓爲主，再多就是受雇的傭兵了。

不過在消滅強盜團這點上，說不定還是有所共識。

大白兔點點頭，自然也知道這些，「在下還是會盡快找得機會回去。」

「就說不用急著回來，這裡的情勢眞的不好……唉。」黑梭搖搖頭，也難掩自己的失望，「兔子，即使你回來，還是不能改變什麼。」

「……」大白兔沉默了。

「不能先解決強盜團那個頭頭嗎！」邊聽青鳥邊憤慨，強盜眞是太陰險了！無敵陰險！陰險到家了！

「目前他還是頂著總長的身體喔，一般民眾也還沒察覺異狀，砍下去就是兔俠組織殺第七星區總長喔。」裝作有點嚴肅地說著，在看到青鳥有點驚恐的表情後，黑梭才放鬆改爲笑笑地說道：「騙你的，其實我們曾嘗試過幾次，曼賽羅恩說防衛太嚴密，她和幾個人聯手都沒能成功，影鬼和那個噬都在總長附近呢，很難殺，藤出手也失敗了，看來得想想其他辦法。不過，我們還是削減了一些幹部，稍微能拖住他們的腳步。」

沒告訴他們的是，雖然削減了幹部，但其中有幾個人隔天又再度完好如初地出現，

看來強盜團也有準備備用品，重點幹部、如區域指揮官和總指揮官，他們已經下手了兩、三次，有幾個至今仍在檯面上活動，且這樣出手頻繁的事也開始讓部分普通百姓有了「能力者眞的要造反」的印象，再繼續下去對他們也未必是好事。得不到百姓支持的能力者，最終只會是眞正的犯罪者。

黑梭想了想沒明說。

「另外關於武器庫方面，在你們離開後我們也確定這件事情了。」黑梭頓了頓，將手邊的情資傳送過來，讓琥珀開啓後才繼續說著：「你們最好也檢查一下聯盟軍封鎖狀況，我們留意到第七星區聯盟軍將武器庫中的可用資源都送進中央改造，現在這批東西應該也在強盜團手上了，這些武器庫除了攻擊星區外，也替他們送來資源。」

「這不意外，我也覺得是這樣。」琥珀倒不覺得有什麼好驚訝的，畢竟第一時間能拿到這些東西的確就是聯盟軍，一旁的大白兔看來也不訝異，多少心中都有底。

「那麼先暫時說到這裡，我們目前的所在地不太安全……總之，你們自己也小心點，那兩座武器庫不可能平白無故撞在第六星區上。」

然後，遠程連線終止了。

琥珀退出系統，將剛剛切割出來的記錄傳進自己的卡片中，開始清理使用痕跡。

確認完全不留痕跡後，他們才退出了黑森林的主機室。

這時候，已經差不多進入深夜了。

□

「雖然是客房，不過請幾位就當作自家，儘管放鬆使用。」

因爲實施宵禁，所以青鳥等人直接在黑森林裡留宿了，蕾娜領著兩人一兔進入日常使用的區域，走過長長的綠色通道後，就出現許多白色或綠色的門扉，每扇門都長得不一樣，還有各式各樣美麗的圖騰。

蕾娜幫他們安排的是有著白門的大房間，與旅店不同，房間裡使用的是吊床，周圍還有很多植物、樹葉根莖，整個房間似乎就是植物的一體，看起來相當特別。

「等等會幫你們送食物和備品過來，請先休息一會兒吧，露娜和阿德就在剛剛轉角的綠門房間裡，有事情也可以找他們。」

稍微把注意事項告訴琥珀後，蕾娜就離開了。

「這裡感覺好棒喔。」

青鳥爬到高高的吊床後，在上面晃來晃去，還轉了兩圈，吊床的材質也是藤葉製成的，但摸起來很柔軟，軟得太過舒服，讓人完全不想下去了。

「的確，在下還是第一次看到這樣的地方。」在偌大的空間裡走了兩圈，大白兔也不遮掩自己的興趣。

「你們慢慢去大驚小怪吧。」看著滿房間的植物，琥珀隨意找了張椅子，然後檢視波塞特那邊。上面顯示了他們已與芙西其他人會合，污染者看來也被集中管制；另外佩特似乎也收到海特爾的消息，應該是暫時沒事了。

在這種地方他也不想做太多事，核桃的鑰匙資料還是等離開黑森林再說，畢竟黑森林以綠能者稱霸，很可能他們在這裡所有的行動都被監視著，盡量少動作吧。

雖然這樣想，但在收到新一則訊息後，琥珀覺得自己青筋又浮出來了。

本來躺在吊床上正舒舒服服有點睏意的青鳥也被一模一樣的訊息吵醒，打開一看，眼睛整個瞪大了。

「琥……」

「我也收到了。」

打斷他家學長的話，琥珀看著手腕拉出的文字，思考著對方在這種時候傳這些東西來的用意。

「怎麼了？」看著兩個小孩的樣子不對勁，原本在打坐的大白兔晃晃耳朵，站起身，關心地走上前去。

「小茆到底？」一開始還覺得自己看錯，青鳥很仔細地重複看了兩、三遍，確認傳來的東西不是他想睡眼花，小茆的確在訊息上寫著——

「確認了黑島入口，來不來？」

訊息尾端附上了一組座標，以及時間，就約在明天。

看來小茆並非阿德他們以爲的去協助港區事，而是另外去做了連阿德他們都不曉得的探查，否則阿德和露娜就不會出現在黑森林了。

即使阿德不想讓她再觸碰過往的事情，她還是有自己的方法。

琥珀在心中打點了下，看向了一樣望著他的青鳥。

「怎麼辦？」沒想到竟然會有傳說中黑島的消息，青鳥一時也不知所措。如果不思考太多，他搞不好眞的會第一時間衝過去，但是現在有那麼多問題，還有武器庫、棕之家……等等，似乎並不是去捅黑島的好時機。

「兔俠認爲呢？」沒有回應他家學長的問句，琥珀轉向顯然也進入思考的大白兔。

「在下認爲幾位不宜輕易涉險，黑島的危險性與武器庫差距極大，更別說很可能有高污染，不可輕舉妄動。」大白兔搖搖頭，極度反對。

「唔……」青鳥陷入糾結。

他也不是很想要去碰那些事情，但似乎也不能放著小茆不管，之前就知道小茆很想進入黑島尋找藥物，這一趟肯定也是危險的。

況且，那個入口究竟是眞是假，小茆是怎麼確定的呢？

「座標不一定是眞的，這組座標在聯盟軍的地圖中是海面，沒有任何東西，但大家也都知道黑島是怎樣的存在。」琥珀淡淡開口：「如果能這麼簡單就找到，不會這麼多人找不到。」

「嗯～」青鳥還是很擔心小茆。

「要不在下跑一趟，從這裡出去還難不倒在下。」看得出來青鳥是眞的很擔憂，大白兔想了想，說道：「雖然和第七星區有差異，不過在下也有自己的方式可以前往。」

「這倒……」

正想說點什麼，琥珀停下話語，瞇起眼睛看著隨身儀器，「奇怪了……」

也差不多時間，青鳥同樣再度收到訊息，一邊奇怪今天晚上找他們兩個人的事情還眞多，一邊打開了訊息，「咦？」

這次發消息給他們的居然是盧林，大致上是說在第七星區的柏特似乎與這邊的家族失聯，現在聯繫不上，盧林大概知道他們去過第七星區，所以私下想詢問看看他們知不知道點什麼，畢竟都是同校同學，想多少幫點忙。

與琥珀對看了下，他們還眞的忘記柏特的事，畢竟柏特應該多少有聯盟軍保護……好吧，其實他也非常不安全，連布蘭希都被強盜團壓制了，柏特現在也不知道狀況如何。想著想著，青鳥突然覺得有點對不起柏特，和黑梭通聯時也沒問到這件事，好歹人家在第七星區的時候還很關心他們的。

「這不關我的事。」琥珀一秒撇清。

「欸欸欸……」

「總之，今晚就先休息吧，不管再怎麼緊張柏特，現在我們人並不在第七星區，即使他有什麼事，誰也沒辦法。」打斷了他家學長還想掙扎的話，琥珀斜了對方一眼，「比起柏特，學長你還是先考慮小茆那邊怎麼處理吧，不管是什麼事，都必須從自己能做到的優先做起，才是正確的。」

青鳥點點頭，他家弟弟說的本來就沒錯……也只能壓後再去打聽柏特的事情了，他自己還一堆麻煩纏身呢。扣除小茆的事之外，還有家族的事情沒個下文，從核桃那裡拿到的物品也還沒開，再加上波塞特和兔俠的事，算起來眞的還有好多好多的待辦事項。

原來處刑者這麼忙嗎？

感覺時間都不夠用了啊！

「啊，還有沙維斯……」青鳥一擊掌，開始思考自己是不是眞的得按順序做個備忘錄了。

「關於沙維斯的問題，我在軍方資料庫已經搜索到有用的情報了。」因爲港區武器庫事件吸引了聯盟軍的注意力，琥珀正好趁亂把自己的病毒塞進資料庫更深處，果然讓他找出關於沙維斯的機密檔案。

琥珀趁著一些空檔，也詳細閱讀了這些資訊，大概了解了沙維斯的背景。

「那個人，從一開始就是聯盟軍的人。」

《兔俠　卷四．路程的起始》完

番外▼冀望

這個世界，是從「被需求」開始的。

在毀壞母星後，人類原本應該要覆滅於自己造成的歷史罪孽中，而不是得到救贖。

因爲人類想要活下去，而尋找「需求」。

新世界於是誕生。

如果是神的應允，他實在不懂爲什麼神要讓他們繼續破壞下去。

是對於人類的仁慈，或是對於其他生命的殘忍？

「神」肯定知道的，人類不可能與世界共存。

短短數百年間，新世界已經不復原本的美麗，而人類在生存之後，也不再滿足於約定好的現況。

然後呢？

未來會怎樣？

沒有人會知道。

即使如此，他卻還是想要活下去。

將希望放在強者身上，然後繼續呼吸。

□

這是在青鳥與兔子他們離開之後、黑梭回來的第三日，野獸能力者領著他們脫離了被聯盟軍和強盜團盯上的危險區域，幾次交手後，暫時在安全區域停下腳步。

回過神時，黑梭用一種疑惑的目光看著他，「琥珀幫我們做好的新主機。」

「北海，可以把新的主機拿給我嗎？」

雖屬同個組織，但每次逃離時，北海就會見識到黑梭與大白兔藏身地之多，多到他們很難想像的地步，這實在讓他有點感到被排除在外，即使黑梭解釋這些都是他和兔子以前在外長征時，一些協助者或是被救助者幫忙建立的，有些根本也不知道能不能用，他還是覺得有點不太高興。

因爲他才是這個組織的頭腦。

而他和黑梭的認識，遠比大白兔還要更久遠。

他們都是同個地方出來的。

那個從一開始就註定邁向悲慘結局的小地方，家人死的死、走的走，留下來的人像是奴隸般工作著，只爲了能夠吃飽然後殘活下去。

從很小的時候開始，他就認爲這樣是不對的，顯然里歐……當時還未有化名的黑梭也是這樣認爲。

即使不是在這種狀況下，那時候的里歐也很受其他同年紀的小孩歡迎。

比他們還負責、比他們照顧更多人，年紀很小時，北海就看著住在附近的里歐常常看顧著更小的小孩子們，其中混著一些他的兄弟姊妹，就這樣一串人玩鬧工作，然後里歐會帶著他們拿著竹籃或簍子，去田裡或是山間撿拾、摘取一些可用的食物。

他常常看見他們在大空地那裡點算分取那些帶回來、但卻少得可憐的小東西。

日子就這樣一天天地過去。

直到有一天，里歐出現了野獸系能力，而他也發現自己有了水系操作能力，和里歐不同，那是非常微弱的力量，所以當眾人都高興於新能力者出現時，他選擇什麼都不說。因爲他的力量太過微弱，根本不是能夠拯救其他人的那種力量，即使其他人知道也只是空歡喜一場。

所以當里歐接受聯盟軍訓練一天天變強時，他也越來越認爲自己無法幫上什麼忙。有些人就是註定成爲強者，有些人就是註定毫無用處。

自然而然，里歐成爲保護更多孩子們的一員，在強盜團或海盜衝進來時，他甚至可以單獨除掉攻破防衛殺進來的強盜，儼然已是孩子群裡最強的那個人，每個人都相信他，也依附著他，就連北海也不例外。

如果就這樣地生存著，似乎也不是什麼壞事。

雖然很痛苦，但有可以相信的存在。

「總有一天，我會離開這裡。」

聽見這種話時，北海非常錯愕。

坐在一旁石頭上擦拭短刀的里歐這樣說著：「拜魯說要離開這邊，然後成爲上位

者，這樣就可以保護更多人。」

「里歐哥哥要離開我們嗎？」其他幼小的孩子露出害怕的表情。

「不要我們了嗎？」

懼怕的聲音流動著。

他握著手上的野菜，有點不知所措。

「不，一定要讓你們好好過上日子，現在這樣絕對是錯的，一定要改變才行。」微笑了下，里歐摸摸身邊孩子的頭髮，「雖然不是很懂，但等到我懂的時候，一定可以幫上鎮裡什麼，大家就不用這麼辛苦。」

「那我們不可以一起去嗎？」有點半失望地喊道，北海和其他孩子一樣，無法想像里歐離開之後他們會變怎樣。

「這個嘛……我也不曉得，等到長大之後就知道了吧。北海頭腦很好，說不定會比我早離開，如果能得到聯盟軍重用，那不管是誰都能幫助這裡、所有的人。」

里歐信任的笑容直到現在他都還記得。

那是真的認為他可以幫上忙、毫無任何條件的相信。

在小鎮裡，北海的確很早就受到教師讚賞，他比同年齡孩子更早學會辨認文字，學會理解那些書裡的內容，也可以和老師互相簡單地談論，比其他人記得更多事情；所以偶爾他也會在聯盟軍的駐點裡打零工，幫忙跑跑腿或是寫寫記錄，換取一些食物或者日用品。

與里歐家不同，他家很早就破碎了，家族裡大多人都想辦法逃離這個地方，只剩他和父母及一、兩名殘存的兄弟。不久之前，他的弟弟因爲來不及從田野逃走，被強盜砍斷了一隻腳，尚未發育的幼小孩子現在大腿以下裝置的是很簡陋的義肢。

因爲醫療運輸很早以前就被截斷，就算是聯盟軍也很難經常補足那些醫療資源，小鎮裡很多藥物和設備是靠著旅行的行者藥師幫忙帶進來或交換的，簡陋到無法將他弟弟的斷肢接回……這在科技進步的新世界中眞是笑話一樁。

但也因爲這樣，他才發現，原來他不是天才，他的腦袋也不比別人好，只是懂得比別人多一些而已。

臥床得接受保護的弟弟在開始接受指導閱讀後，突飛猛進、不斷進步，很快就會了簡易的工程學，幫鎮上人們設計些簡單的工具，也幫自己改善了義肢，還做了幾個可以藏在地面下的反搜索儲藏箱，讓大家在遇到強盜時可以減少損失。

他以弟弟爲榮，但同時也更了解到自己不是被需要的那個人。

總有一天，弟弟會和里歐一樣離開這裡的吧。

□

「哥哥要跟里歐哥一樣離開這邊嗎？」

畫著設計圖時，弟弟突然這樣開口了：「里歐哥說等大家長大，可以像拜魯說的往上爬，然後一起改變世界。」

「改變世界」也就是四個字，說出口非常容易，但大家都知道那是遙不可及的夢想。

北海家和其他人家一樣，已經連續很多代都被搶掠。埃卡家沒落後，第七星區的防護機制更加衰退，新總長即使有心防堵，也無法改善太多。埃卡家是古老家族，很多人會看在這個「姓」的份上給予額外支援，而埃卡家破敗後，就連安卡家都已經沒有那層面子可以向其他古老家族請求救助了。

這些事情，就算是小孩子也知道，有時候強盜洗劫他們時，也會用類似的話語大聲嘲諷。

但是，他還是想跟著里歐，看看他們究竟會如何改變世界。

這個希望在他們還沒長大之前，就被那天突然攻進來的強盜、海盜給徹底擊潰。

當天他們根本不知道發生什麼事情，就連警示也沒有，直到在海邊發現不對勁時，一切都已經太遲了。衝進來的強盜殘殺村內的大人，前端聯盟軍幾乎在第一時間全滅——那些強盜似乎對他們的作息與布置相當了解，完全不讓他們有集結和反抗的機會。

那時候北海正在和弟弟一起研究一本工程書籍，想要改善鎮裡一些防禦系統，聽見鎮裡的警笛聲時，一灘紅色的血水直接潑上他們面前的窗戶；他們居住的地方離海邊比較近，也是首當其衝被攻擊的第一處。

接下來所有事情，在記憶中變得十分模糊。

他在那天失去弟弟，原本非常聰明、很可能以後能像里歐一樣帶領大家脫離這種生活的弟弟。強盜破壞簡陋的家門衝進來後，原本會動會笑的人類在那瞬間成爲血水與肉塊，即使死了仍溫暖得令人不可思議。

他只記得自己不斷驅動微弱的力量，那些水灌進了強盜的眼睛、鼻子甚至嘴巴裡，努力堵住對方面部，接著高大的人體倒在曾是他弟弟的東西上面，伴隨著各種惡臭和最後掙扎的聲音。

然後他看見的是另一個強盜，就站在比較後面的地方，像是看著什麼有趣的事情一樣看著他。

那天他並沒有死，而是被帶走，像是貨物一樣被挑選、印上標記，最後送入某個連他至今都找不到的地方。

接下來有很長一段時間像是生活在地獄裡。

如果像弟弟一樣死去，說不定才是最好的結果。

在那邊還有許多像他一樣的小孩，所有人都被關在不見天日的絕望之中，連過了多少日子都不知道，每天都只能反覆做著同樣的事，而那些人像是餵動物一樣餵食他們，就是不肯讓他們好好死去。

這些日子不知持續多久，直到有一天，他被救出……後來他才知道那是一次能力者們短暫聯盟的攻擊計畫，當時行者們不知道從哪裡得到消息，擬定了這次計畫，邀請了包括處刑者在內的許多高強能力者正面對上潛在黑暗中的組織，間接拯救出很多人，包括他在內。

逃離後，那個白色的布偶原本要安排他去聯盟軍中心接受救助，但在詢問出身後，大白兔反而替他引介了另一個人。

於是，他也再次遇見已經改名的里歐。

雖然已經長大不少，但的確就是他們認識的那個少年。

也很訝異對方沒死，里歐爲他稍微敘述了下外界這兩年發生的事，包括自己加入兔俠組織接受訓練，不但擴展能力也逐漸可以上陣協助，漸漸成爲處刑者的一員。

里歐知道一部分小鎭裡殘餘的人被分派到哪邊，於是讓他吃飽喝足，就帶著他去拜訪當時活下來的幾個成人，託請對方幫北海安排新生活。

小鎭裡幾名大人即使有了新身分，仍然繼續保持聯繫，讓北海比較意外的是，他們多少也知道里歐進入了兔俠組織，其中有一、兩名生活過得比較好的人甚至提供自己經營的店家作爲藏身點。

北海被寄放在其中一位男性那邊約數個月的時間，對方原本已經替他安排好取得新身分與新的家庭，他只要人過去，新的人生立刻就可以展開，他甚至還知道要領養他的是一對非常好的老夫婦。老夫婦有些積蓄，而且非常憐憫那些遭到災禍的村莊，養大了不少像他這樣的小孩，很多人離開第七星區追求更好生活時，還是不忘老夫婦，不定時爲他們捎錢捎物資，報答那份恩情。

這是最好的安排。

但是他們所遭受的痛苦，結束得了嗎？

□

「咦？不去嗎？」

當時年紀沒比他大多少，但體格已像是青少年的黑梭看著身旁的大白兔，然後抓抓臉，露出有點困擾的表情，「不喜歡那個家庭嗎？但那已經是最好的地方了，我們打聽過很多家，能好好培養小孩的，還是肯金夫婦比較好，他們會提供你很好的學習……」

「不去。」北海搖搖頭。

「有什麼特別的理由嗎？」晃了晃耳朵，大白兔如此問道。

「還在找。」也很老實地回答，不知道爲什麼，北海在看了夫婦的領養資料後老是覺得怪怪的，直覺不太對勁，但是手邊資源有限，得花些時間才行。

大白兔思考了半晌，轉向一旁的男孩，「其實在下也覺得肯金夫婦有些怪異，不如

就再次調查看看。」

「嗯，那就這樣吧。」黑梭回過頭轉向北海，「這事……」

「請讓我也試試一起調查。」北海立刻打斷對方的話，「我有一些在意的部分。」

「這樣也好，那就帶他去我們的據點吧。」

這樣決定之後，大白兔和黑梭就帶著他回到兔俠據點，在那邊還有其他幾位協助者，北海知道應該就是幕後的「頭腦」……或許只是拼湊起來的頭腦，因爲這些人的能力都不太突出，有些人在操控上似乎也沒有他強。

黑梭告訴他，兔俠其實原本沒有任何協助者，他是獨來獨往的處刑者類型，只要有人需要，兔俠就會過去；是近年來處刑者和行者合作的機會增多，兔俠這邊才開始有了協助者，專替他做系統聯繫和來往溝通、後援。

把北海介紹給其他人後，在那邊監看系統的男性教導了他基礎的操作。

很快摸熟了全部的系統後，北海開始著手調查肯金夫婦的事——應該說其他人也只讓他碰這件事，畢竟他還是個外人。

沒多久，他就查到了所謂的異狀在哪裡。

「協助強盜團？」

停下了練習，黑梭與大白兔看著男孩。

「是的，北海眞的很厲害，他調出了肯金夫婦登記在聯盟軍、商家中的所有帳目，發現了帳目有異。」一同前來報告的青年這樣說道：「交互比對之後發現了不正常的收入與支出，因爲極不顯眼，我們先前都沒注意到。」

拉開了資料，大白兔與黑梭一起閱讀北海傳遞過來的資訊。

被稱爲大善人的肯金夫婦是聯盟軍退役下來的夫妻，年輕時經歷過百年前的變遷戰役，之後便投入養育孤兒的愛心團體中；因爲兩人服役時有不少收入與存款，所以生活相當優渥，歷年被養大的孩子也都會回饋……資料上與人們的理解的確是這樣沒有錯。

但從北海的調查來看，在大戰之後，兩夫妻其實一度存款相當少，用在哪裡倒不清楚，總之在某個時間點，他們的所有財產一度降至最低，之後沒多久、在強盜團與海盜團開始猖獗後，陸續有了來路不明的進帳。

調查了歷年陳舊的交易明細，發現那些款項都是從許多不同地方轉款而來，一開始還不太明顯，但近年幾筆的時間點都可以對上強盜團的攻擊行動，契合的資料遍布各大村莊，在強盜團清理掉村莊後，兩夫妻就會在那裡收養或資助孩子，最少已經有二十年可查詢的確認記錄。

沉默了半晌，黑梭才轉向一邊的大白兔，「怎麼辦？」

「……在下會採取行動，你們就先順著這些繼續向下查詢，讓北海協助。」

那時，他就知道自己成功了。

兔俠組織深入調查後，更發現了肯金夫婦許多不法事情，其中甚至有幾名孩子被洗腦利用，已經加入了某些強盜團，並非所有人想像的那麼美好。

在所有證據都調查完畢那天，聯盟軍收到一份備檔，然後肯金夫婦從此也消失在地七星區，再也沒有人見過他們。

從那天開始，北海就加入了兔俠組織。

於是，一晃眼，這些也已經是許多年前的事了。

□

安置好新的主機後，已經是深夜的事。

「唔啊，眞是累死人，不知道那些強盜團還要鬧多久。」黑梭用力拉拉筋骨，看著重新跑動的各種資料，不得不佩服琥珀這個隨手大忙。雖然他沒有北海他們那麼善於系統，但從流動效率也可以看得出來增強很多。

「你先去休息吧。」操作著新的主機和程式，北海也不得不佩服琥珀的厲害，但還是有點不太服氣——如果他是這種程度的「頭腦」就好了。

或是，如果那時候弟弟能活下來就好了。

他始終沒有其他人那麼厲害，即使擔任了「頭腦」，也不是眞正的「頭腦」。要改變這個世界，他很難幫上什麼，只能努力地盡自己所能，然後將希望放在其他強者身上，就如同那些逝去的協助者們，付出所有生命也無怨言。

只要，強者別背叛他們的期待。

他不知道兔俠是怎麼想的，但多少有察覺對方的「道」可能與他們期盼的不一樣，所以他從開始寄望的就不是那個布偶，而是另一名擁有眞正血肉之軀的人。

「北海？」被盯著看了一會兒，本來很想裝作不在意的黑梭也開始不自在了，「有什麼事嗎？」

「……我只是在想，這地方能夠安全多久？」回過頭，北海看著不斷跑動的資料，琥珀幫他們安裝的主機裡有幾個自動探索與破解的程式，現在那些程式正在主動監視著聯盟軍的分布舉動，也讓他們可以大致分析被替換的狀況。

相當不樂觀的是，像是病毒蔓延般，在幾個重要聯盟軍人物被取代之後，底下的替換速度加倍更快，活動率也頻繁大增，不少他們知道、其他能力者常去的定點都已經被銷毀了，看來第七星區長期監控能力者的資料也全落入了強盜團手中。

就連黑梭返回那天也一樣，完全得不到喘息，就和第六星區的綠能者到處奔波，救出好幾個深陷在攻擊區中的能力者。

狀況居劣。

「撐不了多久，等藤回來，我們還是得快點前往下個地點比較好。」也不看好這裡可以躲多久，黑梭現在比較慶幸的是自己的傷勢已經復元得差不多了，芙西副船長的治療眞的很有效，加上藤也幫忙調製了不少藥物，所以現在活動沒什麼問題，速度和力量也都已經回來了。

邊躲避他也邊安置好香朵和一九，那兩個孩子不是能力者，應該不會被搜索出來，所以現在的問題果然還是……「北海，你也先離開如何？」

進行了幾次針對聯盟軍的攻擊後，不了解內情的普通百姓只以爲聯盟軍在對付強盜和反叛軍的同時，能力者還要落井下石進行傷害，多少開始出現了不利於他們的風聲。

所以黑梭和曼賽羅恩、藤商討過後，認爲現在必須藏入黑暗中，避開這些惡劣的情勢。

雖然他們知道自己在做什麼，但是民眾不知道，如果無法取得民眾的支持，那處刑者師出無名，就眞的只是通緝犯了。

顯然那些強盜團正打算把他們推入這種地步。

黑梭很慶幸把兔子扔在船上不讓他跟來，否則以兔子的個性，應該是不畏謠言，硬是要把那些替換的強盜給解決了，之後再隨便會被怎樣追殺……幸好丟著了。

眼下，他就只擔心還跟著他東奔西跑躲避攻擊的北海。

「我離開了誰幫你處理這些資料。」北海微微偏過頭，低聲地說著：「第一時間誰幫你安排情報，你不能眞的全部只靠運氣……雖然我的用處不到一半，但起碼不是讓你賭十成十。」他是眞的沒有琥珀、他弟弟那麼強，他自己知道。

好的「頭腦」可以徹底改變一個組織，但是這裡並沒有這種存在。

反之，壞的「頭腦」會造成組織淪陷與破滅，幸好目前也沒有這種存在。

北海知道自己介於那兩者之間，所以他幫不上更多忙，只能做到那些微不足道的部分……多希望自己是頂端者，也多麼希望自己能是像琥珀那種程度的「頭腦」。即使掙扎，還是無法爬到那種領域，而那些人也不會理解他們的辛苦。

他很怨恨自己爲何會是這種不上不下的存在，在村子消失那時他幫不上任何忙，在弟弟被殘殺那一刻他無力反擊，在組織被襲擊時他壓根救不了任何自願者，在最需要「頭腦」的時候他也不是那個人。

琥珀永遠不會理解這種無力的掙扎。

他爬得很痛苦，只能將希望放在他人身上，渴望著強者能夠帶來一線光明，依附著這個願望才能努力地生存下去。

他始終不懂爲什麼神要指引他們到達新世界。

新世界並不如人們所想的充滿美好。

延續的生命只是繼續造成一代又一代的痛苦……人們永遠都會遺忘應該珍惜重新擁有的世界、所有，不斷繼續重蹈那些殘酷的歷史，然後再度將生命壓迫得無法喘氣。

無法成爲強者、也無法徹底死去，那只能將自己的希望與性命加諸在他人身上，這樣即使死了也不會有什麼怨言。

「里歐，不要背叛我們的期待。」

他們都只想活下去。

自己做不到，只能寄望他人達成。

坐在那邊的黑梭露出了有點哀傷的微笑。

他知道那時琥珀想要跟他說什麼，也曉得爲何少年要他去和森林之王的人談看看。

只是他們的空間與時間已經不容更改了。

他們只是一般人。

付出生命，寄託他人，交換希望，然後活著。

直到世界被結束那瞬間，一切才會跟著覆滅。

現在，他繼續活下去。

〈冀望〉完

國家圖書館出版品預行編目資料

兔俠. 卷4，路程的起始 / 護玄 著.
——初版.——台北市：蓋亞文化，2014.02
面；公分. ——（悅讀館 ；RE304）

ISBN 978-986-319-082-0（平裝）

857.7 103000113

悅讀館 RE304

兔俠 vol. 4 路程的起始

作者／護玄
插畫／Roo 封面設計／克里斯
出版／蓋亞文化有限公司
地址◎ 台北市103赤峰街41巷7號1樓
電話◎（02）25585438 傳真◎（02）25585439
網址◎ www.gaeabooks.com.tw
部落格◎ gaeabooks.pixnet.net/blog
電子信箱◎ gaea@gaeabooks.com.tw
投稿信箱◎ editor@gaeabooks.com.tw
郵撥帳號◎ 19769541 戶名：蓋亞文化有限公司
法律顧問 / 十方法律事務所
總經銷 / 聯合發行股份有限公司
地址◎ 新北市新店區寶橋路二三五巷六弄六號二樓
電話◎（02）29178022 傳真◎（02）29156275
港澳地區 / 一代匯集
地址◎ 九龍旺角塘尾道64號龍駒企業大廈10樓B&D室
電話◎（852）2783-8102 傳眞◎（852）2396-0050
初版一刷 / 2014年2月
定價 / 新台幣 240 元
Printed in Taiwan

ISBN／978-986-319-082-0

GAEA

GAEA